KB093387

당신과 다른 나

임 현

당신과 다른 나

임 현

소설

PIN
019

차례

PIN
019

당신과 다른 나

임 현

1

*

단순한 건망증이라고 생각했어요. 업무적인 특성상 스트레스가 많이 쌓인 탓일 수도 있었습니다. 그이가 다루는 성분들의 종류를 듣는 것만으로도 나는 벌써 기겁할 정도였으니까요. 그런데도 그런 것 중 어느 것을 조합하고 조절하느냐에 따라 임상 결과는 전혀 달라진다고 하더군요. 인지기능을 개선할 수도 있고, 자칫 예측하지 못한 이상행동 반응이 나타난다고도 했습니다. 그러나 그것 외에 그이가 참여하고 있는 신약 개발사업에 대해 내가 알고 있는 내용은 거의 없는 것이나 다름없었어요. 다만, 그게 대단히 중요하다는 인상을 받을 뿐이었습니다. 그럼에도 그이와 함께 살면서 내가 더 알게 된 것이라면, 그런 일을 하는 사람일수록 사소한 문제에 둔한 편이라는 점이었습니다. 정작 본인의 건강을 돌보는 일에 그이는 무심한 편이었어요.

그 무렵 그이는 자주 무언가를 잊어버리곤 했습니다. 예를 들어, 우리가 함께 간 여행지를 잘못 기억한다거나, 전날 세워둔 자가용을 찾지 못해 지하주차장에서 오래 헤맨다거나, 식사 중에 갑자기 무언가를 기억해내고는 급히 서재에서 서류를 찾는 일도 더러 있었습니다. 한참이 지나 그이를 재촉하면 그제야 방금까지 자신이 절반쯤 먹다 남겨둔 음식들 앞으로 돌아오곤 했어요. 때문에 미리 약속이라도 잡은 날에는 따로 여러 번 확인해야만 했습니다. 한번은 모처럼 외식을 하기로 며칠 전부터 약속을 해두었는데, 당일 아침 그이는 내게 난감한 표정을 짓더군요. 스케줄표를 보여주며 "다른 저녁 약속을 미리 잡아둬버렸는데 어쩌지?" 하고는 내게 미안해했습니다. 나는 당혹스러워하는 그이를 안심시켰습니다. 무엇보다 여기에 적힌 것이 다름 아닌 우리의 약속이라는 점을 상기시켜주어야 했습니다.

그이만큼 전문적인 지식을 가진 것은 아니지만, 나는 나름대로 검은콩과 고등어, 항산화작용에 도움이 된다는 음식들을 검색한 뒤 자주 식탁에 올렸습니다. 식후에 먹을 수 있는 종합비타민과 그이의 회사에서 출시된 보조제를 챙기며, 그이의 건강을 걱정했습니다. 그러면서도 한편으로는 아주 심각할 건 없다고 안심했습니다. 그러니까 지금 내가 마음 쓰는 일이 단순히 건망증 때문이라면, 겨우 그 정도라면, 누구나 겪을 수 있는 비교적 사소하고 일시적인 문제라고 생각했습니다.

한번은 또 일요일 오후에 혼자서 잠깐 외출한 사이, 그이가 전화로 무언가를 찾는 중이라고 했습니다. 아무리 찾아도 전혀 보이지 않는다고 하소연했는데 부산스러운 소리가 통화 중에도 그대로 들려왔습니다. 열고 닫는 소리, 뒤적이고 부스

럭거리는 소리, 뭔지 모르겠지만 무언가 바닥으로 떨어진 것 같은 둔탁한 소리도 들리더군요. 단순히 식탁 의자가 넘어진 거라면 괜찮았습니다. 신발장의 구두 같은 것일 수도 있고, 유통기한이 한참 남은 통조림일 수도 있겠지요. 그러나 그보다 더 약하고 망가지기 쉬운 거라면? 찬장을 열면 그럴 만한 것들은 선반 위에 이미 수두룩했습니다. 그릇이나 접시들, 작거나 큰 컵들. 어쩌면 그런 것 중 무언가가 이미 깨져버렸거나 손쓰기 어려울 정도로 상했을지도 모른다는 걱정이 들었어요. 그러나 그이는 정작 거기에 대해서라면 별다른 해명을 하지 않았습니다. 그게 조금은 나를 안심시켰습니다. 정말 그랬다면, 진짜 중요하고 귀한 물건이었더라면, 분명 다른 말을 먼저 했을 테니까요. 대신 방금까지 그이는 다용도실에 있었다고만 했습니다. 혹시 몰라 안방에 딸린 욕실과 서재도 모두 찾아봤다고 했는데 그런데도 좀처럼 발견할 수 없었다고 하더군요.

"그러니까, 그래서 지금 뭘 찾는 거라고?"

주변의 소음 때문에 정작 남편이 하는 말은 제

대로 듣지 못했습니다. 게다가 나는 대로변에서 버스를 기다리는 중이었고, 전화기 건너편의 소리들에 집중하는 사이 타야 할 버스를 이미 한 번 놓쳐버린 뒤였습니다. 그러나 우선 어딘가 서두르고 있는 그이를 진정시키는 게 먼저였습니다. 이번에는 진짜 값나가는 무언가를 망가뜨릴 수도 있는 일이니까요. 너무 걱정하지 말아라, 잘 찾아보면 분명 어딘가에 있을 거다, 얼마 전에는 통화 중에 전화기가 보이지 않는다고 괜한 수선을 떨지 않았느냐. 가까운 곳에서부터, 마지막으로 보았던 곳까지 천천히.

"모르겠어."

그러나 내가 예상했던 것보다 더 불안하고 실망한 목소리가 돌아왔습니다.

"미안해. 어디에 있는 건지 도저히 찾을 수가 없어."

"아니야. 괜찮아. 나는 괜찮으니까 다시 한 번만 말해줄래? 그래서 욕실에서 지금 뭘 찾고 있었다는 거야?"

내가 서 있던 곳 맞은편에는 남편이 평소에 좋

아하던 제과점이 보였습니다. 그이는 매번 소화
가 되지 않아 더부룩해 하면서도 밀가루 음식을
즐겨 했는데, 그 가게의 것들은 어쩐지 먹어도 속
이 편하다고 했습니다. 바닥에 빵가루를 흘리고,
식탁보다는 소파에 앉아 먹기를 좋아했습니다.
그게 사람을 무척이나 게을러 보이게 만들어 매
번 지적하고 싫은 소리를 하긴 했으나 잘 고쳐지
지는 않았습니다. 그럼에도 평소의 나라면 근처
를 지나는 길에 그 제과점에 들러 몇 가지를 고르
려 했을 거예요. 되도록 부스러기와 열량이 많지
않은 것, 식후에 또 무얼 먹는 버릇은 건강에 좋
지 않다고 잔소리를 하면서도, 아주 적극적으로
말리지는 않을 만한 것. 그러나 그날의 나는 전화
를 끊은 뒤에도 한참 동안 정류장에 가만히 앉아
그곳을 바라보기만 했습니다. 그사이 여러 대의
버스들이 정차했다가 지나갔습니다. 그중에는 내
가 타야 할 것들도 있었을지 모릅니다. 대신 전화
기만큼은 손에 꼭 움켜쥐고 놓지 않았습니다. 어
쩌면 남편에게 다시 연락이 올지도 모른다고 생
각했거든요. 그래서 찾으려는 것을 이미 찾았다

고, 옷장 가장 위쪽이나 당장 쓰지 않는 물건들이 가득 쌓인 수납장을 열어봤는데 그게 거기 있었더라고. 아니면 좀 전까지는 분명 없었는데 어째서 다용도실 선반 위에 버젓이 그게 놓여 있는지 모르겠다며, 민망해하는 목소리를 들을 수도 있었어요. 그러고는 요즘에 정신을 어디에 두고 다니는 거냐 핀잔하는 내게 괜한 평계를 대며 둘러 댈 남편을 나는 바랐습니다.

아니요, 그냥 아무것도 찾지 못했다고 하더라도 괜찮았습니다. 다만 그이가 당장 내게 다시 전화해서 지금 찾으려고 하는 게 무엇인지 한 번 더 말해주는 것만으로도 충분했습니다. 그랬다면, 그이의 말을 내가 방금 잘못 들었다는 게 확실해질 테니까요. 어떤 이유에서인지 그이의 말을 내가 전혀 다르게 알아들었고, 그것으로부터 생긴 사소한 오해라고 말입니다. 아니면 애당초 남편의 설명이 부족했을 수도 있어요. 그러나 그이는 주눅 든 목소리로 분명 산책을 시킬 계획이라고 했습니다. 배변 봉투와 목줄을 우선 챙기려고 했으나 좀처럼 찾을 수 없다고도 했습니다. 무엇보다 집 안 어딘가에 분명 있어야 할 우리의 개가 보이지 않는다고 하더군요.

"지금 당신이랑 같이 있나 해서…… 혹시, 당신이 데려간 거야?"

그러고는 어느 순간 통화가 끊어졌습니다. 이후로 그이에게서 다른 연락은 없었습니다. 오히려 여러 번 내 쪽에서 전화를 걸었으나 어째서인지 도무지 받지 않았습니다.

순식간에 무릎의 기운이 모두 빠져나가는 기분이 들어 나는 바닥에 그대로 주저앉을 뻔했습니다. 방금까지 고요했던 풍경들이 한꺼번에 요동치며 움직이는 것 같았습니다. 나는 당장 눈앞에 보이는 한곳에만 시선을 멈춰두었습니다. 그러니까 길 건너편의 제과점 같은 것을 뚫어지게 바라보며 나에게 가장 익숙한 것들만 떠올리려고 애썼습니다. 여전히 머리는 어지럽고 혼란스러웠으나, 겨우 정신을 차리고 대강의 상황을 정리해보려 했습니다.

방금 그이는 무슨 말을 한 걸까. 내가 제대로 알아들은 게 맞는 걸까. 그러니까 우리 개를……

잃어버렸다는 거야?

평소에도 그이는 무언가를 자주 잃어버리긴 했습니다. 리모컨을 들고 리모컨을 찾는다거나, 부재중 통화 내역을 보고 전화를 걸면 분명 무얼 말하려던 게 있었는데 그사이 잊어버렸다고 하거나, 차 키를 찾지 못해서 출근 시간에 늦어버린 일도 있었습니다. 결국, 그이의 외투 안주머니에서 발견하기는 했지만, 그런 것에 비하면 이번은 전혀 다른 문제였습니다. 어떻게 그런 것을 잃어버릴 수 있는 걸까. 그러나 나를 더 불안하게 만든 것은 그것과는 조금 다른 종류의 것이었습니다.

아마 그때쯤 그이는 잃어버린 개를 찾느라 아파트 계단을 오르내리고 있는 중일지도 모를 일이었습니다. 지하주차장이나 옥상에서 한참을 헤매고 있었을지도 모릅니다. 그러다가 아파트 단지를 돌아다니며, 비슷한 견종을 발견하고선 혹시 같은 개가 아닌지 확인하려 들다가 괜한 시비가 붙지는 않을까, 나는 두려웠습니다.

*

    나는요, 종종 내 남편이 전혀 다른 사람처럼 낯설게 느껴질 때가 있습니다. 어쩌면 이전에는 내가 미처 몰랐던 점을 그제야 겨우 알게 된 것일 수도 있지요. 그렇다고 하더라도 그이를 가장 잘 아는 사람이라면, 분명 나라고 생각합니다. 혹시라도 그이가 민물생선을 넣고 끓인 매운탕을 맛있게 먹는다거나, 여름에 복숭아 대신 자두를 먼저 고르려 한다면, 남편의 까다로운 식성이 이제는 제법 무뎌졌다는 것에 나는 만족해할 거예요. 평소에는 잘 입지 않으려 드는 스트라이프 셔츠를 혼자서 먼저 챙겨 입는 날이라면, 오늘은 나의 취향을 더 고려해주려 한다는 것도 알 수 있어요. 어쩌면 그런 날은 아침부터 일부러 작은 트집을 잡아 나를 괜히 서운하게 만들지도 모릅니다. 그러고는 딱히 달래려 하거나 별다른 화해의 말도 없이 그대로 출근해버린 뒤, 몇 주 전부터 미리 예약해둔 식당으로 갑자기 나를 불러내 깜짝 놀래려 한다는 것쯤은, 이제는 금세 눈치챌 수 있습니다. 무엇보다 그이의 앉은 자세가 이전과 달라지거나 전에 없던 버릇이 생긴다면 당사자보다도 내가 먼저 발견하고는 지적할 수도 있을 거예요.

그런데도 왜일까요. 왜 이따금씩 나는 그이에게 전혀 다른 기분이 드는 건지 모르겠습니다. 얼마 전 시내에서 그이를 본 날도 그랬습니다. 예보에도 없던 소나기가 쏟아지던 날이었는데 따로 약속을 한 것은 전혀 아니었어요. 평일 한낮이었고, 갑작스러운 비를 피해 내가 먼저 서 있던 학원 건물 입구 쪽으로 사람들이 한꺼번에 몰려들었습니다. 대로 건너편의 사정도 비슷했습니다. 적지 않은 사람들이 최근에 개점한 쇼핑몰 쪽으로 방향을 잡고 달려갔습니다. 비교적 비를 피할 공간이 내가 서 있는 이곳보다는 더 여유로워 보였습니다.

케이블 채널에서 방영하는 지역 광고나, 아파트 현관문에 붙어 있던 전단지를 통해 그곳에 입점한 식당들과 의류매장 같은 것들을 대강 살펴본 적이 있었습니다. 그이가 좋아할 만한 메뉴가 제법 눈에 들어왔습니다. 그리고 머지않은 주말이나 휴일에 외식을 하자는 말을 꺼냈을 때, 그이도 흔쾌히 그러자고 했습니다. 비가 그치기를 기다리는 동안 나는 내친김에 그곳에 들러야겠다고 생각했습니다. 직접 매장을 둘러보고, 분위기도 좀 살피다가, 괜찮다면 그이에게 어울릴 셔츠 몇 벌도 함께 고를 계획이었습니다. 상의 없이 무얼 사는 걸 그이는 별로 탐탁해 하지는 않겠지만, 실제보다 낮은 가격으로 알려준다면 대수롭지 않게 넘어갈 수도 있을 거라고 생각했습니다.

그러는 사이, 비는 그쳤고 횡단보도의 신호가 어서 바뀌기를 기다리면서 나는 여전히 그이에게 어울릴 만한 셔츠를 고민했습니다. 길을 건너는 동안에도 나이대나 체격이 그이와 비슷한 사람들을 눈여겨보았습니다. 서로 다른 사람들의 바지와 구두를 조합해보기도 했습니다. 그러니까 주변의 낯선 사람들을 살피느라 정작 나를 마주 보고 걸어오는 그이를 바로 알아보지 못했던 겁니다. 무얼 샀는지 제법 묵직해 보이는 쇼핑백이 손에 들려 있었습니다. 넓은 도로였고, 그만큼 넓은 횡단보도였습니다. 많은 사람들이 그 위를 건너고 있었습니다. 아무래도 그런 탓에 뒤늦게 알아본 내가 서둘러 부르는데도 그이가 미처 듣지 못한 거라고 나는 생각했습니다.

어쩌면 나는 그때 그이에게 곧바로 전화를 할 수도 있었습니다. 여긴 어쩐 일이냐, 근무 시간에 이렇게 멀리 나와 있어도 되는 거냐, 그러고는 당신이 들고 있던 쇼핑백 안에 무엇이 들어 있는 거냐고 물어볼 수도 있었어요. 그랬다면, 그게 나를 위한 선물이라고 지레짐작하는 일도 없었을 겁니다.

그날 저녁, 나는 그이가 좋아할 만한 메뉴를 골라 저녁상을 차렸습니다. 그러는 동안에도 집으로 돌아온 그이가 현관문 앞에서 쇼핑백을 내게 건네는 장면을 상상했습니다. 아마 서툴게 연기를 하며 외투 안쪽에 숨긴 것을 들키지 않으려고 어색한 행동을 할지도 몰랐습니다. 그러기에는 제법 부피가 커 보였으나, 그럼에도 그것 모두를 나는 모른 척할 생각이었습니다. 무엇보다 식사를 마치고, 잠자리에 들 때까지, 아니면 다음 날

출근을 준비하기 위해 그이가 욕실에 들어갈 때까지도 나는 옷장 깊숙하게 숨겨둔 그이의 새 셔츠에 대해 말하지 않을 생각이었습니다. 되도록 그이가 가장 기대하지 않는 순간에, 최대한 무심하게 그것을 건네고 싶었습니다.

그러나 정작 퇴근 후에 현관문을 열고 들어오는 그이의 손에는 아무것도 들려 있지 않았습니다. 물론 나는 아무 내색도 하지 않았어요. 실망하지도 않고, 준비하던 것을 마무리하는 데에만 더 집중했습니다. 다만 국이 끓고, 간을 보고, 식탁에 찬을 담은 접시를 내려놓으면서 이런 평범하고 일상적인 장면들이 다음에 올 상황을 더 극적으로 만들어줄 거라고 기대했습니다. 그리고 나를 충분히 만족하게 할 만큼, 소고기를 넣고 끓인 맑은 뭇국을 그이는 흡족해 했습니다. 잡곡밥보다는 도정된 흰 쌀밥을 더 좋아하는 남편이었지만, 어쩐지 이번만큼은 검은콩을 넣은 현미밥에도 불평하지 않았습니다. 식탁을 사이에 두고 마주 앉아 나는 그이의 손이 자주 가는 반찬을 눈여겨보았습니다. 간이 세지 않느냐고 묻기도 하고, 밥 한 그릇보다 먼저 비운 국그릇을 한 번 더 채워주기도 했어요. 그리고 다시 식탁으로 돌아와 그이를 바라보았습니다. 특히 그이의 오른손을, 수저를 든 그이의 손을 오래 바라보았습니다.

'언제부터 저런 버릇이 생긴 걸까.'

유난히 불쾌한 소리를 낸다거나 딱히 식사 예절에 어긋난 건 아니었어요. 그런데도 주먹 쥔 손에 가로로 눕혀 잡은 그이의 숟가락이 나는 어딘가 낯설어 보였습니다. 식사를 마친 뒤에도 여전히 달라 보이긴 마찬가지였습니다. 평소라면, 담배를 태울 목적으로 먼저 나서서 음식물쓰레기를 버리고 오겠다던 그이였거든요. 그런데도 그날은 식후에 그대로 소파에 비스듬히 앉아 텔레비전을 시청할 뿐이었습니다.

"여보, 이것 좀 부탁해도 될까?"

내가 그렇게 말했을 때에야 그이는 뭔가를 기억해낸 사람처럼 서둘러 현관으로 가 외출용 슬리퍼를 챙겨 신었습니다. 나는 돌아오는 길에 지하주차장에 들러 그 쇼핑백을 챙겨 올 그이를 생각하며 그때 지을 수 있는 가장 자연스러운 표정도 미리 연습해두었습니다. 그러고는 남긴 것 없이 비워진 그릇들을 개수대에 옮기고, 세제를 충분히 묻혀 설거지를 했습니다. 말끔히 씻긴 것도 일부러 한 번씩 더 헹궈내며 여유를 부렸습니다. 그이가 현관문을 열었을 때에도 나는 주변의 물기를 닦는 척 그이를 바라보지 않았습니다. 이미 한참 전에 돌아왔어야 했지만, 평소에 비해 길어진 동선이라면 그럴 수 있다고 생각했습니다.

"좀 도와줄까?"

내 뒤에서 그이가 말하자 옅은 담배 냄새가 맡아졌습니다. 돌아보지 않아도 아주 가까이 있다는 걸 알 수 있었어요.

"아니, 괜찮아. 이제 다 끝났어."

그러고는 곧이어 그이가 다시 거실 쪽으로 걸어가는 소리, 몸을 떨어뜨리듯 부주의하게 소파에 앉는 소리, 다시 켜진 텔레비전에서 누군가 웃고 떠드는 소리 같은 것들이 차례대로 이어졌습니다. 그러니까 그사이 방문이나 서랍을 여닫거나, 하다못해 부스럭거리는 소리 같은 것들이라면 나는 전혀 듣지 못했습니다. 그렇다면 그이는 그걸 어디에 둔 걸까요?

식탁 위를 가장 먼저 확인하고, 혹시나 하는 마음에 그이의 주변을 들키지 않게 살폈습니다. 신발을 정리하는 척 신발장을 열어보기도 했습니다. 그러나 그곳 어디에도 이전과 다른 것이 들어 있지는 않았습니다.

어쩌면, 처음부터 그이가 산 물건은 나를 위한 게 아니었을 수도 있었습니다. 급하게 선물해야 할 일이 생겼다거나 대신 부탁을 받은 것일 수도 있지요. 그럼에도 확인하고 싶은 것이 있었습니다. 여전히 텔레비전에 집중하고 있는 그이의 옆자리에 앉아 내가 물었습니다.

"당신은 나를 사랑해. 그렇지?"

"사랑하고말고."

그이가 대답했습니다. 아주 평범하고, 가장 식상한 표현이었으나 그렇기 때문에 어딘가 더 진심이 느껴지는 말이었어요. 나도 거기에 대해 다른 마음을 품은 건 아니었습니다. 그럼에도 자꾸 이런 생각이 드는 거예요. 그런데 그걸 내가 어떻게 알 수 있지? 그이의 마음이 진짜라는 걸……

나는 어떻게 알고 있는 걸까?

"오늘은 종일 연구실에만 있었던 거야?"

"그러엄."

몸을 가로로 기울인 그이가 내 무릎에 머리를 올리며, 순순히 내 질문에 대답해주더군요. 그리고 나는 그이의 머리를 부드럽게 쓰다듬었습니다. 어쩐지 이전에 비해 숱이 좀 모자란 것도 같고, 새치도 더 늘어난 것처럼 보였습니다. 손가락 사이로 그이의 머리카락을 가볍게 빗겨주며 나는 생각했습니다. 그이가 지금 내게 거짓말을 하는 거라면, 아마 그럴 만한 이유가 있을 거라고요. 그렇게 말해도 전혀 나쁘지 않거나, 잊어도 괜찮을 만큼 아주 사소한 일이라고 말이에요.

나는요, 누구보다 내 남편을 믿고 있다고 자신할 수 있어요. 만약, 그이가 어느 날 갑자기 내게 아주 무서운 말을 한다면, 그러니까 누군가를 다치게 했다거나 아니면 그보다 더 심각한 상태에 빠뜨렸다고 내게 고백한다면, 그 일은 온전히 실수였고, 고의라고는 전혀 없었으며, 자신을 제발 믿어달라고 내게 도움을 청한다면, 나는 그이에게 어떤 위로의 말도 하지 않을 거예요. 대신, 남편의 진지한 표정을 살피며, 어떻게 그 장난을 도로 갚아줄 것인지를 먼저 생각할 겁니다. 예상 밖의 내 태도에 당황해하는 그이의 모습을 보면서 나는 겨우 웃음을 참고 그이를 더 골려주려고 할 거예요. 무엇보다 그이가 그럴 만한 사람이 절대 아니라는 걸, 나는 잘 알고 있습니다.

그럼에도 내 의지가 아닌, 나쁜 생각에 사로잡히는 건 어쩔 수 없었습니다. 한 번 떠오르면 좀처럼 가라앉지 않고 더 복잡한 결과로 이어지는 생각들 말이에요. 그날 그 횡단보도에서 나는 그이를 보았습니다. 바닥에 고인 물을 피하느라 허둥대고 있었습니다. 그러니까 그런 그이를 내가 서둘러 불렀을 때, 분명 그때 그이도 나를 본 것 같거든요.

그런데도 왜 이 사람은 거기에 대해 말하지 않는 걸까.

왜 그걸 모르는 척하는 걸까.

*

　낯선 누군가가 이제 막 도착한 버스를 가리
키며 내게 노선을 물었습니다. 익숙한 지명이었
고, 그제야 그게 내가 타야 할 버스이기도 하다
는 걸 알 수 있었습니다. 그러나 고작 두 정거장
만에 나는 버스에서 내려 지나왔던 길을 도로 걸
어갔습니다. 다시 돌아가는 동안에도 불안한 마
음은 좀처럼 가시지 않았습니다. 생각해보면, 별
거 아닌 문제일 수도 있었습니다. 이전처럼 그이
가 나를 골리고, 순진하게 속아 넘어간 나를 놀리
려고 꾸민 일일지도 모르니까요. 그러나 그게 아
니라면? 진짜는 지금 아주 심각한 문제가 벌어지
고 있는 거라면? 내 예상보다 더 먼 곳까지 그이
가 헤매고 있는 거면 어쩌나. 불안해하는 남편의
모습이 눈앞에 그려졌습니다. 아마 지금의 내 표
정도 그이의 것과 아주 다르지는 않을 거라고 생
각했습니다. 그리고 그런 생각이 들수록 나는 오
로지 내 남편이 좋아할 만한 것, 3년을 한집에서
함께 살면서 내가 보아온 그이의 가장 다정하고

편안해 보이는 모습만을 떠올리려고 애썼습니다. 그렇지 않다면 그렇게 만들어줄 생각이었습니다. 그럴 수 있다고 나는 믿었습니다. 그런데도 어느 순간이면 내 머릿속은 온통 다른 생각으로 채워져버렸습니다.

버스를 탔던 정류장에 도착해 도로를 건너 제과점으로 들어갔습니다. 그러고는 그이가 좋아할 만한 것을 넉넉하게 고르기 시작했습니다. 평소라면 졸라도 잘 사주지 않았을 것들도 일부러 가득 담았습니다. 맛있지만 건강에는 그리 좋지 않을 만한 것. 그러는 와중에도 매장 안의 달콤한 냄새에 집중했습니다. 진열된 빵들은 갓 구운 것들이라 모두 먹음직스러운 색깔이었습니다. 그것 중 어느 것을 고르든 만족해 할 내 남편만을 생각했습니다. 그러나 아주 잠깐의 방심에도 작은 틈이 생기고 불안한 생각들이 머릿속을 비집고 들어섰습니다.

집에 도착했을 때 그이는 보이지 않았습니다. 대신 그 사람이 어지럽혀놓은 흔적들은 무수했

습니다. 어떤 서랍은 제대로 닫히지 않은 채 반쯤
열려 있기도 했습니다. 어수선하게 나와 있는 물
건들을 집어 나는 모두 제자리로 옮기기 시작했
습니다. 깨지거나 심각하게 망가진 물건은 다행
히 없었습니다. 그리고 어느 순간에 이르자, 나는
하던 일을 멈추고 오히려 그이가 했을 법한 방식
대로 집 안 구석구석을 뒤지기 시작했습니다. 옷
장을 열어보고, 화장실의 수납장을 살피고, 어쩌
면 여기 어딘가에 그이가 나를 위해 마련해둔 무
언가가 있을지 모른다고 의심했습니다. 서랍 가
장 깊숙한 곳에 손을 넣으며 아직 내가 찾지 못한
곳, 평소라면 전혀 눈에 띄지 않고, 남편만이 알
법한 그런 곳이 어딜지 생각했습니다. 옷가지를
헤치고, 천장과 맞닿은 선반 위를 살폈습니다. 그
러나 아무것도 나는 발견할 수 없었습니다. 그사
이 집 안은 내가 처음 들어왔을 때보다 더 엉망이
되어버렸습니다. 잘 닫히지 않는 서랍을 억지로
닫던 중에 나는 참을 수 없이 불쑥 화가 치밀었습
니다. 손에 잡히는 게 무언지도 모르면서 되도록
먼 쪽을 향해 집어 던졌습니다. 그것이 벽에 부딪

히며 둔탁하고 불안한 소리를 냈습니다. 그리고 그보다 더 크고 격한 소리를 나는 허공에 뱉어냈습니다.

"배변 봉투라니, 산책용 목줄은 또 뭐고."

그이가 그날 무얼 샀는지 나는 끝내 확인할 수 없었습니다. 해당하는 날짜의 카드 내역서를 여러 번 살피고, 당일 입었던 옷가지의 호주머니를 꼼꼼히 뒤져보았으나 의심 가는 무엇도 나는 찾을 수 없었습니다. 그이가 도대체 내게 무얼 숨기려고 하는지, 그게 진짜 무엇인지 나는 전혀 알수 없었습니다. 더구나 그 사람이 찾으려 했던 것역시 마찬가지였습니다. 여기, 어디에도 그런 것은 없었습니다.

개라니요?

어떻게 그걸 잃어버려요?

무엇보다 애당초 키운 적도 없는 그것을 그이는 어디서 찾겠다는 걸까요.

2

*

양산에는 우리 부부가 좋아하는 선배 내외가 살고 있어서 결혼 전에도 비교적 자주 찾아가 사나흘쯤 머물고는 했었다. 그때마다 그 지역에서 유명한 음식을 맛보고, 밤이 새도록 식탁에 앉아서 술을 마시다가, 아쉬운 상태로 다음을 기약하며 헤어지고는 했었는데 결혼에 대한 이야기가 구체적으로 오가던 즈음, 당시에는 여자 친구였던 미양이 그들 앞에서 울어버린 일이 있었다.

우리가 교제하는 동안 나는 세 번의 이사를 했

다. 그만큼 연애 기간이 길었던 탓도 있는데, 그러니까 그중 가장 처음 살던 집에 대한 이야기가 나왔을 때였다. 대학가 인근이라 가정식 백반을 취급하는 식당이 많았고, 보증금 없이 저렴한 월세가 무엇보다 장점인 곳이었다. 미양이 그곳에 직접 와본 것은 딱 한 번뿐이었다. 이사를 나가던 날, 일손을 보태겠다며 찾아와주었는데 우려했던 것과는 달리 "생각보다 나쁘지 않네"라고만 했을 뿐, 내가 사는 곳의 사정에 대해 별다른 말을 하지는 않았다. 그때는 그 말이 어쩐지 나를 안심하게 만들었다. 그랬으므로 나중에 양산까지 와서 그 일로 미양이 울게 될 거라고는 전혀 예상하지 못했었다.

단층으로 길게 지어진 그 건물은 본래의 용도와 다르게 개조를 한 듯 보였는데 천장을 통해 가장 끝 방의 소음도 잘 들렸다. 욕실 겸 화장실이 따로 있긴 했으나 취사를 할 만한 조리 공간은 없었다. 더구나 창문도 없어서 여름에는 습기가 심했다. 그 건물 외벽에는 쓸모를 알 수 없는 문이 하나 있었다. 위치로 보건대 보일러실 아니면 창

고겠거니 짐작만 하고 있었는데, 한번은 그곳에
서 나오는 누군가와 우연히 마주친 적이 있었다.
잠깐 열렸다 닫혔을 뿐인데도 그곳의 세간이 한
눈에 들어왔다. 그만큼 대단할 것이 없이 조촐한
것들뿐이었다. 아마 미양도 그날 그런 것을 보았
던 게 아닐까. 그러니까 그런 누추한 장면들은 내
가 오래 살면서 알 수 있던 것들이었고, 당시의
미양이라면 그런 세밀한 장면들에 대해서는 전
혀 몰랐을 것이다. 그럼에도 양산에서의 미양은
자기가 모르는 것이 무엇인지 아는 사람처럼 울
기 시작했다. 제법 취기가 오른 상태로, 말리는데
도 전혀 듣지 않고, 대신 지금 내가 혼자 살고 있
는 집은 이전에 비해 훨씬 좋아졌다고, 언덕이 높
긴 하지만 방이 넓고 채광이 좋다고, 양산에 사는
선배 부부에게 주정했다. 그리고 그런 순간에 나
는 그들이 우리를 어쩐지 기특한 눈으로 바라보
는 것이 싫지 않았다. 내 사정을 안타깝게 여기던
미양이 좋았고, 그럼에도 당시에는 다 말하지 않
고 다만 나쁘지 않다고만 해준 무심함이 새삼 고
마웠다.

결혼 후에도 연휴나 휴가철을 골라 우리는 자주 양산을 찾았다. 불과 두 주 전에도 그곳을 다녀왔는데, 몇 달 전 선배 부부가 이사를 한 뒤로는 처음 방문한 셈이었다. 그리고 그곳에서 도대체 뭘 보고 이러는 건지 양산을 다녀온 뒤로 줄곧 미양은 그 집의 가구들에 대해 자주 이야기했다. 내 눈에는 하나 달라 보일 것 없는 식기구나 의자 하나에도 우리가 가진 것과는 다르다고 매번 지적했다.

　물론, 내 눈에도 뭔가 크게 차이가 나 보이는 것들은 있었다. 텔레비전이나 욕조, 냉장고가 유독 눈에 띄었는데 우리 집에 들이기에는 몹시 커 보였다. 작게 딸린 마당과 잔디도 멋져 보이고, 무엇보다 새로 이사한 그 집에 대해 지방이라 가능하다는 선배 내외의 말이 전혀 겸손하게 들리지 않을 만큼 아주 넓어 보였다. 그리고 나는 어쩐지 그날 이후로 당분간은 아마 양산을 다시 오기는 힘들 거라는 생각이 들었다. 오래 알고 지내던 그들 내외가 어쩐지 낯설게 느껴졌기 때문이었다.

대신 나는 방금, 미양에게 내년이나 내후년쯤
에는 북유럽에서 연말을 보내는 게 어떻겠냐고
제안했다. 매장 안에 진열된 패브릭 소재의 소파
에 앉은 채, 상황이 된다면 아주 돌아오지 말자고
도 했는데 나중에는 남미나 극지방도 괜찮을 것
같다는 생각이 들었다.

"거긴 어떨 거 같아?"

겨우 무릎 높이의 거실용 테이블은 실용적인
데라고는 전혀 없어 보였다. 쓸데없는 것치고는
제법 비싼 가격이었는데 그런 것들 중 어느 것을
미양은 신중하게 고르는 중이었다. 미양은 서랍
을 열어보고 손잡이의 문양을 줄곧 살피면서 내
쪽은 쳐다보지도 않은 채 대답했다.

"그거 아주 좋은 생각이네."

유럽풍의 수입 제품을 전문적으로 취급한다는
가구점은 수납장과 식탁, 옷장이나 침대 같은 것
들을 구획마다 통일성 있게 배치해두고 있었다.
나는 소파의 목받이를 점검하는 척, 슬쩍 등 뒤를
돌아보았다. 예상대로 멀지 않은 곳에서 점원이
나를 주시하고 있었다. 노골적으로 쳐다보는 것

은 아니지만 아까부터 우리 주변을 내내 따라다니는 게 거슬렸다. 좀 전까지만 하더라도 꽤나 대접받던 기분이었으나 잠깐 사이에 그런 것들이 몹시 성가시게 느껴졌다.

아무래도 매트리스 때문이었다. 밀도가 높고 통기성이 좋아서 숙면을 취하는 데 도움이 되는 제품이라고 했는데, 우리에게 필요한 것은 전혀 아니었다. 다만 미양이 무언가에 열중해 있는 동안, 잠깐이라도 엉덩이를 붙이고 있을 만한 데가 내게는 필요했을 뿐이었다.

"누워보셔도 괜찮습니다. 여기에 이런 돌기들이 허리를 붙잡아주거든요. 직접 사용해보시면 분명한 차이를 느낄 수 있어요."

이런 경우, 외국 영화에서 본 것처럼 신발을 신은 채 누워야 할지, 벗어야 할지 나는 잠깐 망설였다. 그러나 점원은 어느 쪽이든 상관없다는 표정으로 다시 한 번 침대를 가리키며, 내가 어서 그 위에 눕기만을 기다렸다. 그러니까 그때까지만 하더라도 내게 우호적이었던 점원은 공평하게 신발 한쪽을 신고, 한쪽은 벗어둔 나를 침대에 눕힌 채 일반적인 제품과의 차이점에서 대해서, 우수한 성능과 특히 노폐물의 오염으로부터 뛰어난 방수성에 대해 친절하게 설명해주었다. 그러나 그런 자세로 누군가를 대하는 것이 나로서는 무척 어색했는데 괜히 긴장한 탓에 어디가 편안하고 어디를 받쳐준다는 것인지 좀처럼 알 수 없었다.

"다른 제품들과는 확실히 차이가 느껴지지요?"

어느새 내 발치 쪽으로 자리를 옮긴 점원이 말했다. 그리고는 내 두 발목을 붙잡고 가볍게 힘을 주어 바닥에 눌러보기도 하고, 다음에는 어깨를 눌러대더니, 숙면 중에 자주 움직이는 부분과 그렇지 않은 부분, 신체 구조상 무거운 부분 등을 고려해 제작되었다는 점을 강조하기 시작했다. 점원은 자신이 판매하는 제품에 대해 꽤나 자부심을 가지고 있는 것 같았다. 그걸 숨기지 않았다. 더구나 설명 중에는 내가 전혀 알아들을 수 없는 생소한 용어들이 섞여 있어서, 그가 이 일은 단순히 서비스직이 아니라 엄연히 전문적인 영역에 속한다는 점을 강조하려는 것처럼 들렸다. 그리고 나는 그런 것 모두를 다 알아듣는 척했다.

"이번에는 반대로 한번 누워보시겠어요? 방금 설명드린 게 무슨 뜻인지 더 정확히 아실 수 있을 거예요."

"아니에요. 괜찮습니다. 아내가 아까부터 저기서 기다리고 있거든요."

물론 미양은 지금 내가 무얼 하고 있는지 전혀 신경 쓰고 있지 않았다. 필요한 일이 있었다면 참지 않고 생각나는 그 순간 곧바로 나를 찾았을 것이다. 그럼에도 나는 이 자리가 아까부터 불편하게 느껴졌던 터라, 좀 더 편한 자리로 옮기고 싶었을 뿐이었다. 점원을 따돌리고 더 이상의 설명은 듣고 싶지 않았다. 내가 자리에서 일어나기를 기다리던 점원은 여유를 두지 않고 곧장 시트를 정리하기 시작했다. 그러고는 벗어둔 신발 한 짝을 찾아 두리번거리는 내게 물었다.

"그런데 이게 뭐죠? 원래 이런 게 여기 있었나요?"

보기에 따라 음식물 자국이거나 원인을 알 수 없는 얼룩이거나, 흡사 내 신발 밑창의 문양처럼 보이기도 했다. 그러나 그 순간 가장 먼저 떠올린 것은 이런 게 요즘에 유행하는 신종 판매 방식 뭐, 이런 건가…… 하는 생각뿐이었다.

언젠가 외제차를 취급하는 고등학교 동창에게서 들은 말인데, 자기는 어떤 고객이든 매장 안에 들어오는 순간부터 구입을 할 사람인지, 아닌지를 단박에 파악할 수 있다고 했다. 그러고는 후자의 경우일수록 더 많은 존경심과 서비스를 제공해야 한다는 것이 판매왕 출신의 설명이었다.

"이런 대접을 받아도 되나 싶을 정도로 미안하게 만들어야 해."

살 사람은 어차피 사게 될 거고, 그렇지 않을 만한 사람을 골라 꾀어내는 것이 영업사원에게 필요한 능력이라고도 했다. 그러고는 그날따라 얻어먹는 사람이 진짜 미안해질 정도로 과하게 비싼 술값을 계산해버렸던 것이다. 그러니까 이후 일주일은 진지하게 캐피탈 대출을 고민하는 나를 발견했을 때, 과연 판매왕은 다르긴 다르구나, 사정을 뻔히 알면서도 나한테까지 그 비싼 차를 팔아먹으려 드는구나, 새삼 경탄했다.

그러니까 이번에도 그거 비슷한 거 아닐까. 무엇보다 그 점원이 내게 책임을 묻고 구매를 종용할 것이 나는 두려웠다. 먼저 사과라도 하면, 기회를 놓치지 않고 맹렬히 달려들 것만 같아 무서웠다. 때문에 나는 동공의 작은 움직임조차 엄격하게 제어하며, 내가 그랬냐고 물으면 아니라고 해야지, 뭐든 우기고 봐야지, 필요하다면 화도 내고 불친절한 서비스를 지적해야지, 하나도 미안해하지 않고, 내게 유리한 쪽으로 앞으로의 계획을 재빠르게 구상해두었다.

"아, 아닙니다. 괜찮아요. 신경 쓰지 마세요."

뭘. 내가 뭘 신경 쓰지 말아야 한다는 건가. 전혀 대비하지 못한 대답이었다. 그런 친절과 배려에 대한 반응까지 계획해둔 것은 아니었으므로 나는 나도 모르게 몸을 숙이고, 일종의 몸에 밴 감사의 표시를 한 다음, 서둘러 미양이 있는 쪽으로 자리를 옮겼다. 그러는 순간에도 고개만 숙일걸 괜히 허리까지 너무 깊숙이 숙여버렸다는 생각에 후회가 밀려들었다. 무엇보다 그게 너무 미

안한 사람처럼 보이지 않을까 염려되었다. 아무
튼 이후로 점원은 이번에는 진짜 내가 책임질 만
한 일을 기다리는 사람처럼 눈에 띄게 내 주변을
서성거렸다. 미양을 향해 내가 말했다.

"당신은 추위를 잘 타니까, 아무래도 더운 나라
가 더 좋을 것 같아."

진작부터 미양은 내 말에 아무 반응도 하지 않
고 있었다. 그럼에도 나는 끊임없이 떠들어댔는
데, 어디서 듣거나 읽거나 지명만으로도 제법 그
럴듯해 보이는 낯선 여행지를 마구 늘어놓았다.
무엇보다 저 원목 옷장 뒤에서 나를 줄곧 엿보고
있는 그 점원을 의식하고 있었다.

"적당히 좀 하지? 아까부터 자꾸 왜 그래?"

내가 앉아 있는 소파 쪽으로 슬그머니 다가온
미양이 입술을 거의 움직이지 않은 채 조용히 속
삭였다. 그러고는 아주 자연스럽게 내 옆에 앉아
테이블을 살피기 시작했는데 혹시, 방금 이 말도
점원이 들은 건 아닐까 나는 서둘러 주변을 둘러
보았다. 그러나 어디에 있다가 나타난 건지, 아까
는 보이지 않던 또 다른 점원과 둘이서 뭔가를 이

야기하는 중이었다. 지금 내 이야기를 하고 있는
건 아닌가, 신경이 쓰였다. 그러고는 잠시 뒤, 이
번에는 새로운 점원이 다가와 물었다.

"혹시 찾는 물건이 따로 있으시나요?"

그런 사소한 물음조차도 내게는 공격적으로 들
렸다. 살 게 없다면, 그만 나가달라는 말처럼 들
렸다. 그럴수록 나는 속으로 여러 번 같은 다짐을
되새겼다. 그래도 미안해하지는 말자. 절대 미안
해지지 말자. 나는 태어날 때부터 미안한 일이라
곤 하나도 없는 사람처럼 말했다.

"이 테이블과 어울릴 만한 서랍장을 좀 추천해
주시겠어요? 여기에서 이 테이블이 우리 집에 있
는 것과 가장 비슷하군요. 음, 저건 어떻습니까?"

그러고는 양산에서 본 것과 가장 비슷해 보이
는 상품을 하나 가리키며 가격을 물었다. 점원은
우리가 받을 수 있는 몇 가지 할인 혜택을 알려
주었고, 잠깐 계산기를 두드린 뒤 숫자를 보여주
었다. 나름대로 예상했던 것에서 세 배쯤 더 비싼
가격이었다. 그럼에도 나는 아주 침착하고 교양
있는 말투로 대답했다.

"가격이 뭐, 아주 나쁘지는 않네요. 당신 생각은 어때?"

그런 다음 나는 별다른 대꾸도 하지 않고, 매장 안을 거침없이 빠져나가는 미양을 서둘러 쫓아가야 했다.

*

주말 저녁이었고 집으로 돌아가는 도로는 시도 때도 없이 막혔다. 라디오에서는 드보르작의 「신세계 교향곡 4악장」이 흘러나오는 중이었다. 그러는 동안에도 나는 조수석에 가만 앉아 나를 부끄럽게 만드는 장면들에 대해서만 줄곧 생각했다. 그러니까 가구점을 뛰쳐나오자마자 주차권을 이유로 다시 돌아갔던 일에 대해서, 나를 알아보고 일순간 정색하던 그들 점원들에 대해서, 캐묻고 확인한 것은 아니었으나 정황상 나와 관련된 이야기를 나누던 중이었던 것 같았다. 그게 아니라면 공손하고 친절했던 태도 대신 자꾸 내 눈을 피하려 드는 이유가 다 무엇이었겠는가. 게다가 단순히 주차권을 요구했을 뿐인데도 어쩐지 모멸감이 드는 이유는 또 무엇이란 말인가.

"여보."

나는 운전석에 앉은 미양의 오른손에 왼손을 조심스럽게 올렸다. 라디오의 볼륨도 줄이고, 뭐라도 함께 이야기하고 싶었다. 내 편을 들어주고, 나로서는 잘 설명이 되지 않는 일들에 대해 미양이 먼저 화를 내주며 상황을 보다 단순하고 명쾌하게 만들어주기를 바랐다.

"있잖아, 아까 그 사람들이……."

"아, 귀찮게 왜 또 그래."

그러고는 줄여놓은 볼륨을 다시 한껏 높인 뒤에 그 웅장한 선율을 감상하는 데 집중했다. 예술고등학교에서 바이올린을 전공한 미양은 대학에서는 철학을 전공했는데, 레비나스는 몰라도 협주곡과 교향곡의 차이라든가, 라흐마니노프나 예프게니 키신에 대해서라면 잘 알았다. 내 귀에는 하나도 다를 게 없는 현악기들의 소리를 구분할 줄도 알았다. 그때마다 나는 장인의 당시 사업이 얼마나 번성했는지 간접적으로 가늠해볼 수 있었다.

미양을 만나면서 덕분에 내게도 교양이랄까, 안목이랄까, 나름 쌓이는 것들이 생겼는데 이를테면 웅장한 것은 베토벤, 기교가 많다 싶으면 쇼팽, 하는 식으로 대강 짐작할 수 있었다. 그럼에도 지금처럼 클래식을 들으며 익숙한 기분을 느끼는 것은 대단히 드문 경우였다. 그러니까 그 순간 내 기분은 뭐랄까……, 내가 알고 있다는 것을 당장 미양에게 들키고 싶어서 조바심이 들었다.

사람들은 나를 자주 화나게 하고, 가까운 사람일수록 더 무례하게 굴었다. 최근에는 제주도에 살고 있는 고등학교 동창으로부터 전화를 받았는데 다른 말도 없이 대뜸 화를 내기 시작했다.

"사람이 왜 그래, 부르는데 왜 도망을 가냐고, 민망하게. 그런데 여기는 어쩐 일이야? 요즘 좀 한가한가봐?"

그럴 때면 나는 또 어김없이 사나워지고, 내가 그렇게까지 무시당할 만한 인간은 아니라는 점을 알려주고 싶어서 견딜 수가 없었다. 때문에 대개는 묻지도 않았는데 먼저 대답하거나, 내가 아는 것만 반복해서 말하거나, 아니면 나만 답을 알고 있을 만한 질문을 던지기도 했다. 그러나 대부분의 경우 그런 기회마저 박탈당했다. 그 동창이란 새끼도 마찬가지였다. 나는 그렇게 한가한 사람이 아니라고, 제주도는 무슨 제주도냐고, 바쁜데 전화해서 왜 엉뚱한 소리를 지껄이느냐고, 그러고는 내가 얼마나 바쁜지, 조목조목 근거를 대가며 따지고 싶었으나, 정작 들어야 할 나의 대답은 전혀 듣지 않고 먼저 끊어버렸다. 그게 나를 더 화나게 만들었다.

미양이라고 크게 다르지 않았다. 한번은 부부 싸움을 하다가 미양이 내게 말했다.

"당신이 사람을 가장 질리게 하는 점이 뭔 줄 알아?"

아마, 시작은 설거지 때문이었을 것이다. 천연세제를 고집하는 미양 때문에 수세미의 거품은 늘 부족했다. 그런 것에 나는 늘 불만이었는데, 수건을 접을 때는 세로로 한 번 가로로 두 번 접어야 한다거나, 외출에서 돌아온 뒤에는 곧바로 신발장에 신발을 넣어야 한다고 강요했다. 물론, 그런 것들이란 같이 살면서 서로 양보하고 조절하면서 맞춰가야 할 문제였으나 개선의 대상이 늘 나라는 점이 불만이었다. 그게 사람을 몹시 억울하게 만들었다. 그날도 크게 다를 것이 없었다. 음식을 조리할 때에는 뒤에 설거지할 사람도 생각해야 하는 거 아니냐고, 매번 지적했으나 미양의 습관은 조금도 고쳐지지 않았다. 도대체 고작 2인분의 김치볶음밥을 만드는 데 프라이팬이 왜 두 개나 필요한지 나는 도무지 이해할 수 없었다. 뭐? 계란은 따로 프라이를 해야 한다고? 양념이 묻지 않아야 한다고? 처음부터 계란을 먼저 조리할 생각은 왜 하지 않는 거지? 기름이 잔뜩 묻어 번들거리는 그릇들을 닦아내면서 나는 쉬지 않고 투덜거렸다. 그런데도 미양은 전혀 아랑곳하지 않았다. 대신 내가 잘 닦아놓은 밥그릇을 꼼꼼히 검사하며 어떻게든 트집거리를 잡아 쉽게 빠져나올 수 없는 궁지에 나를 몰아넣을 계획을 짜고 있었다. 그리고 미양은 기어코 그 일을 해내버렸다.

"이거. 이 컵, 닦은 거 맞아?"

나는 우리의 작은 다툼이 어째서 그토록 큰 싸

움으로 이어질 수 있는지 잘 이해가 되지 않는다. 그러니까 내 편에서는 고작 기름이 묻지 않은 그 릇에는 세제를 쓰지 않아도 된다고 주장했을 뿐 인데, 우길 거면 일관되게라도 우겨야 하는 것 아 니냐, 사람이 어째서 그 모양이냐 따위의 천대와 멸시를 시작으로 정작 잠시 뒤의 우리의 주제는 3년 전 여권을 잃어버려서 모처럼 잡은 여행 일 정을 모두 취소했던 일에서부터, 재작년 미양의 생일을 조용히 넘어갔던 일, 보다 가깝게는 엊그 제 화장실의 휴지가 떨어졌는데 어째서 새로 갈 지 않았느냐, 하는 복합적이고 다양한 문제로 전 개되었다. 우리의 싸움은 전혀 그칠 기미도 없이, 그날 화장실을 마지막으로 쓴 사람은 누구인가를 색출해내는 데 초점을 맞춘 채 정체되었다. 그리 고 나는 그게 미양일 수밖에 없는 이유에 대해서, 내가 알고 있는 가장 논리적이고 합리적인 의심 들에 대해서, 나의 잦은 소화 장애와 변비로 인해 그 전후 이틀은 배변 활동이 전혀 없었다는 것 등 을 근거로 나를 적극적으로 변호했다. 그러니까 그런 말들을 가만히 듣고 있던 미양이 말했다.

"당신이 사람을 가장 질리게 하는 점이 뭔 줄 알아?"

뭐라 더 하는 말이 있을 거라 기대했으나, 그러나 미양은 질문만 하고 답은 알려주지 않은 채 곧장 안방으로 들어가버렸다. 나중에라도 그게 뭐였는지 확인하고 싶었으나 그럴 수 없었다. 그 밤 어렵게 화해하고, 잠자리에 누워 나는 미양이 무얼 지적한 것인지 물었다. 아직 잠들지 못한 미양이 내 쪽으로 돌아누우며 말했다.

"무슨 말? 내가 뭐라고 했는데?"

그리고 작고 가벼운 그녀의 머리가 내 팔 위로 옮겨졌다. 나는 종종 우리의 작은 다툼이 어째서 그토록 큰 싸움으로 이어질 수 있는지 잘 이해가 되지 않는다. 상처 줄 것을 뻔히 알면서도 참지 못하고 기어코 하는 말들이 있고, 그러면서도 금세 다시 미안해질 때, 그런 것들을 매번 후회하고 서로를 더 애틋하게 만드는 까닭도 잘 모르겠다. 아마 미양도 마찬가지일 거라고 생각한다.

"잊어버려. 그냥 화나서 한 말이잖아. 진심은 아니야."

그럼에도 나름대로 추측하는 것은 있었다. 어쩌면 그런 게 아니었을까. 나는 내가 알고 있는 것을 알고 있다고 말하지 않으면 불안했다. 아마 미양도 그런 나의 유치한 성정을 지적하고 싶었을 거라고, 그게 미양을 화나게 하는 거라고 나는 미루어 짐작했다.

그러니까 드보르작의 교향곡이 절정에 다다르던 순간에도 마찬가지였다. 나는 내가 알고 있는 것을 미양에게 자랑하고 싶었다. 미양이 알고 있는 것을 내가 알고 있다고, 우리의 취향이 이제는 제법 비슷해졌다는 점을 알려주고 싶었다. 그것으로 미양을 조금 즐겁게 해줄 수 있을 거라고도 기대했다. 나는 운전하는 미양의 얼굴을 지그시 바라보며 기회를 엿보았다. 신호를 받아 잠깐 정차한 사이, 때마침 휴대폰으로 무언가를 검색하던 미양이 흥미로운 걸 발견했다며 내게 보여주었다.

"이것 좀 봐. 누가 당신을 찾고 있는데?"

그러고는 인터넷 커뮤니티 사이트에 실린 게시

글 하나를 보여주었다. '내 남편을 찾습니다'라는
제목의 글이었는데 스크롤을 조금 내리자, 정말
나를 닮은 남자의 사진이 나타났다.

"신기하네, 당신한테도 이런 셔츠 있지 않아?"

교향곡은 이제 절정에 치닫고 있었다. 아주 익
숙하고 웅장한 곡조가 차량 안을 가득 채우고 있
었다.

"「신세계 교향곡」."

"당신, 이 곡을 알아?"

"유명하니까."

되도록 나는 겸손한 투로 대답했다. 그리고 나
는 미양의 아주 작은 변화를 감지할 수 있었다.
다시 한 번, 미양의 오른손에 나의 왼손이 올려졌
을 때 이번에는 밀쳐내지 않았다.

"아까는 무슨 말을 하려고 했던 거야?"

미양이 다정하게 물었다. 그러나 나는 하고 싶
었던 말을 하는 대신, 별거 아니라고, 신경 쓰지
말라며 둘러댔는데 그것은 뭐랄까, 나로서는 잘
설명할 수 없는 종류의 일이었다. 그러나 알고 있
는 것을 모르는 척하는 것이 내게는 대단히 어려

운 일에 속했는데 말하자면, 하지 않아도 될 말도
나는 자주 하는 편이었다. 그게 종종 미양과 나
사이에 문제를 일으키는 원인이 되고는 했다. 그
걸 내가 모르는 게 아니었다.

"이종범."

"뭐? 이종, 뭐라고?"

"이종범. 타이거즈 이종범. 이종범 응원가."

그러고는 드보르작의 곡조에 "이종범, 이종범,
안타 이종범" 하는 가사를 붙여 따라 불렀다. 그
러자 미양은 더 이상 아무 말도 하지 않았다. 대
신 볼륨을 최대치로 키울 뿐이었다. 어느 순간 라
디오의 선곡은 피아노 독주곡이었다가 이후로 플
루트인지 클라리넷인지 모를 관악 연주였다가,
아무튼 그게 뭐였든 일관되게 나로서는 전혀 모
를 제목의 연주들로만 계속해서 이어졌다.

*

남들과 내가 다르다는 것을 발견할 때가 종종
있는데 예를 들어, 천변이라도 달리는 날이면 어

느 순간 자꾸 나만 혼자 반대로 향하고 있었다. 폭이 좁은 길일수록 자주 그랬다. 물론 뭐, 길이라는 게 앞뒤 구분 없이 늘어서 있기 마련이고, 필요하다면 왔던 길로 돌아가기도 하고 그런 것이겠지만 어쩐지 마주 보고 달려오는 사람을 가까이 맞닥뜨리게 되면 불쑥 등 뒤가 불안해졌다. 뭐랄까, 나만 너무 다른 곳으로 가고 있는 건 아닐까, 이미 너무 멀어진 건 아닌가. 적어도 달리기에서만큼은 상대방의 얼굴을 마주하는 일보다 앞사람의 등을 바라보는 일이 더 안심이 되었다. 뒤처져 있다는 불안감이 생길 수도 있겠으나 아주 다른 곳으로 달리고 있다는 불안에 비할 바는 아니었다. 나만 너무 다른 곳으로 가고 있는 건 아닌가. 어쩌면 저기 저쪽이 내가 가야 하는 곳인데, 혼자 반대로 달렸던 거 아닐까. 진짜 그런 거면 이거 다 어떡하나. 그걸 언제 다 돌아가나. 혼자 외롭게.

그럴 때는 갑자기 길 밖으로 벗어나 아주 먼 곳까지 달려가고 싶은 충동에 휩싸였다. 그러다도 나중에 돌아올 일이 자꾸 걱정되었으므로 한 번도 그렇게 한 적은 없었다. 나로 말할 것 같으면 고작 남들과 반대로 걷는 일에도 초조함을 느끼며 불안해하는 그런 종류의 사람이었기 때문이다.

평소 사람 많은 곳에 있을 때에도 나는 자꾸 신경이 쓰였다. 아무도 주목하지 않는데 그랬다. 실은 어쩌면 그게 진짜 이유일지도 몰랐다. 누가 나를 쳐다보는 일이 나는 몹시 부담스러웠는데, 그런 까닭에 대체로 무난하거나 익숙한 것을 선호했다. 신발이라도 새로 신고 외출하는 날에는 종일 불편했다. 살 때는 몰라도 나중에 보면 옷장 안에 옷들이 죄다 회색이나 브라운 계통이라거나, 오늘 먹은 메뉴를 내일도 먹고 모레도 먹었다. 입맛이 딱히 까다롭다기보다는 무얼 새로 고르는 걸 잘 못하는 성격이었다. 그런 탓에 번화가에만 나가도 내가 너무 평범해서 도리어 사람들이 쳐다보지는 않을까, 남들하고 내가 너무 다른 건 아닐까 걱정이 되었다. 무엇보다 주눅이 잘 드는 타입, 그게 나라는 사람이었다.

그래서 그런가, 사람들은 어디서든 나를 자주

목격하고는 했다. 출퇴근 지하철에 앉아서 졸고 있었다거나, 번화가 편의점에서 담배를 사고 있었다거나, 맛집으로 유명한 식당에서 혼자 순두부찌개를 먹고 있었다고도 했다.

세상에 나를 닮은 사람이 많다는 사실이 그렇다고 다 나쁜 것만은 아니었다. 미양은 집에 돌아온 뒤에도 줄곧 소파에 말없이 가만히 앉아 있었다. 나는 곧장 욕실로 들어가 변기에 앉아 평소보다 오래 양치질을 했다. 그리고 그보다 더 오래 미양을 생각했다. 꺼진 텔레비전만 바라보는 미양이 나는 어쩐지 불안했는데, 아마 지금 미양은 남편을 찾는다는 그 인터넷 게시글을 생각하고 있는 것인지도 몰랐다. 그로부터 무언가를 의심하고 확인하고 싶은 게 아닐까. 그것으로 내게 무언가를 당장 따져댈지도 모른다는 생각에 두려웠다. 욕실에서 나온 나는 조심스럽게 미양이 앉아 있는 자리에 바짝 붙어 괜히 어깨를 주무르고, 다리도 주무르며 넌지시 물었다.

"그런데 아까 그 사진, 진짜 나랑 닮았나?"

"귀찮게 왜 자꾸 같은 걸 물어."

그러고는 오랜만에 조용히 좀 쉬려는데 방해하지 말라는 소리도 덧붙였다. 아무래도 미양은 그 사진에 대해서라면 더 이상 신경 쓰지 않는 것 같았다. 사람들이 다른 사람을 나로 오해하듯, 미양은 그게 내가 아니라고 확신하는 듯했다. 그게 나로서는 무척 다행스러웠다.

어느 순간, 비스듬히 내 쪽으로 기댄 미양의 어깨를 나는 부드럽게 감싸 안았다. 아무것도 지금 우리가 누리고 있는 이 평화를 방해할 수 없을 것 같았다. 그럼에도 당장 시작할 수 있는 가장 극단적인 대화는 뭐가 있을까. 아주 진지한 목소리로 실은, 당신이 모르는 비밀이 있어. 나는 당신이 생각하는 그런 사람이 아니야. 하지만 그건 실수였지. 당신에게는 말해줘야 할 것 같았어……. 내가 말하면, 그게 무엇이 됐든 미양은 믿어주지 않을 것이다. 누구보다 미양은 나를 잘 아는 사람이었으니까. 내가 그런 일을 저지를 만큼 충동적인 사람이 아니라는 걸 세상 누구보다 그녀가 가장 잘 알고 있었다. 그러니까 미양은 어떻게 알 수 있는 것일까. 지금 내 감정이 진짜라는 걸, 내 사랑에 하나도 거짓이 없다는 걸, 미양은 그걸 어떻게 아는 걸까.

"지금 내가 진짜 나라는 걸 당신이 어떻게 알 수 있지?"

"당연히 알 수 있지."

"그러니까 그걸 어떻게 알 수 있냐고."

나를 닮은 누군가가 현관문을 열고 들어와 욕실에 들어가고 식탁에 앉아서 밥을 먹기도 하고 거실을 마음대로 돌아다닐 수도 있는 일이었다. 그때마다 그게 나라는 걸 미양은 어떻게 알 수 있을까. 내가 다시 물었다.

"뭔데? 이번엔 뭘 또 쓰려고 그러는데?"

세상에서 나를 가장 잘 알고 있는 사람이 미양이라는 사실을 나는 정말이지 조금도 의심할 수 없었다.

3

*

그이가 사람들에게 자주 보여주는 사진이 한 장 있습니다. 휴대폰으로 서툰 솜씨로 찍은 거라 전혀 대단할 건 없었지만, 대신 그이는 그 여행지에 대한 이야기를 하기 좋아했어요. 그걸로 우리가 누구인지, 얼마나 특별한 관계인지 설명할 수 있다고 믿는 것 같습니다.

결혼을 얼마 앞두고 우리는 고래를 본 적 있습니다. 그러나 그걸 찍은 사진을 본 사람들은 대부분 실망감을 감추지 않았습니다. 기대만큼 크지도 않고 선명하지도 않았으니까요. 그런데도 그이는 그것을 가능한 한 크게 확대해가며, 여기에 이 검은 점이 고래라고, 우리가 그걸 보았다고 매번 들뜬 목소리로 일러주었습니다. 그이의 설명이 아니라면, 도무지 거기에 뭐가 있는지조차 알 수 없을 정도의 화질이었습니다.

무엇보다 고래를 보았던 그날, 아니면 그 전날 밤에라도 우리는 헤어질 수 있었습니다. 계획한 일들은 하나도 뜻대로 되지 않았는데, 우리가 바랐던 것은 그 지역에서만 먹을 수 있는 무언가를 먹어본다거나, 다른 사람들은 아직 찾지 못한 명소를 발견한다거나, 서두르는 일 없이 여유롭게 주변을 산책하고 더 걸을 수 없을 때가 되면 숙소로 돌아와 맥주를 마실 생각이었습니다. 고작 작고 사소한 일들뿐이었습니다. 까마득히 먼 밤하늘을 상상하면서 그 아래 아무 흙바닥에나 누워볼 생각도 했습니다. 떠나기 며칠 전부터 별자리를 안내하는 애플리케이션을 미리 다운로드받아 지금 우리 위로 지나가는 저 별자리가 어떻게 맹수의 모양이 될 수 있는지 서로에게 열심히 설명했습니다.

"이건 머리고, 이게 꼬리야. 거기에 가면, 이런 것들을 진짜 볼 수 있을 거야."

괜찮다면, 하루나 이틀쯤 더 머물러 있다가 오자는 말도 했었습니다. 그렇지 못할 거라는 게 거의 명백해 보였으나, 그런 곳에서 보내는 사흘이라면 분명 모자랄 거라는 데 우리 둘 다 동의했습니다. 그럼에도 어느 것도 계획대로 되지는 않았습니다. 무엇보다 우리가 미처 대비하지 못한 것은 뱃멀미였어요. 목포항에서 출발하여 쾌속선을 타고 두 시간가량 걸리는 섬으로 들어가는 동안, 선박유에서 풍기는 그 불쾌한 냄새에 줄곧 시달려야 했습니다. 어딜 가든 그 냄새가 묻어 있어서 속이 매스꺼웠습니다. 바깥바람이라도 잠깐 쐬려고 갑판으로 나가면 거센 비바람을 온몸으로 상대해야만 했어요. 그러니까 주변의 풍경을 감상하고, 그것을 배경으로 다정하고 웃긴 표정으로 사진을 찍고 할 여유가 우리에게는 도무지 없었습니다.

미리 예약을 해둔 숙소도 문제였어요. 딱히 관

광지라고 할 만한 곳은 못 되어서 선택할 수 있는 곳도 몇 되지 않았는데, 그이는 배정된 객실에 들어서자마자 침대의 시트를 들추고 욕실의 청소 상태를 살피더니 나중에는 잘 열리지 않는 창문을 억지로 열어보려고 애를 썼습니다. 그런 식으로 자신의 불만을 숨기지 않았어요. 생각해보면, 한적하고 여유로운 곳을 먼저 원한 것은 그이였는데도, 어째서인지 이 상황 모두가 다 내 잘못이라고 여기는 것 같았어요. 그게 또 그것대로 내 기분을 상하게 만들어버렸습니다.

뜻대로 되지 않던 그 사흘 내내 나는 어쩌면 이곳이 우리의 마지막이 될 것 같아 불안했습니다. 여기서 끝장을 내고 다시 볼 일 따위 없을 거라고 예감했습니다. 식당의 음식들조차 기대했던 것과 달리 전부 짜거나 비리거나 했는데 간이 맞지 않는 국물을 떠먹다가 '전부터 생각해왔는데……' 하는 말로 시작되는 무겁고 아픈 대화가 이어지더라도 전혀 어색하지 않을 것 같았습니다. 이후로는 나도 제어하지 못할 정도로 속마음을 털어놓을 것 같았어요. 마음에 없던 말도 할 수 있었습니다. 그런데도 그 순간만큼은 진짜 그렇다고 믿으며, 서로에게 상처가 될 수 있는 가장 매서운 말을 내뱉고 싶어지지는 않을까. 무엇보다 아직 차려진 것들이 많이 남았는데도 숟가락을 입에 문 채로 가만히 벽면의 메뉴판을 살피는 그이가 지금 무슨 생각을 하고 있는지 궁금했습니다. 그이가 내 쪽으로 고개를 돌렸습니다.

"응? 방금 뭐라고 그랬어?"

그러고는 이번에는 젓가락을 들어, 마른 생선구이를 다 헤집어놓기 시작했습니다. 그러니까 그런 것에도 나는 몹시 서운했습니다. 이전이라면, "별거 아니야" 내가 대답하면 그게 뭐냐고, 뭐라고 했느냐고, 어김없이 돌아오는 집요한 질문들이 이번에는 없다는 사실 때문에, 서로에게 더 궁금해할 것도 없고 그보다 더 중요한 문제에 그이가 지금 집중하고 있다는 그 무심함 때문에…… 무엇보다 그것이 무엇인지 나도 알 것 같았습니다.

배를 타고 그 섬을 빠져나오는 동안에도 그런 기분은 변함이 없었습니다. 그 여행으로 유일하

게 얻은 게 있다면, 우리가 헤어져야 할 이유가
더 분명해졌다는 것뿐이었어요. 우리가 나아질
기미는 전혀 보이지 않았습니다. 뒤늦게 무언가
대비를 하긴 했지만, 고작 멀미약을 챙기는 정도
였을 뿐이에요. 지금이 아니라 엉망이 되기 전에
필요한 것들이었습니다.

　들어올 때와 달리 날씨가 제법 좋았고, 갑판에
서 바라보는 풍경도 좋았으나 그런 것 모두 하나
도 눈에 들어오지 않았습니다. 오히려 우리의 비
극을 더 단단하게 확정지어주는 것만 같아서 나
는 참을 수 없이 슬퍼졌습니다. 그이도 마찬가지
였을 거예요. 먼 곳을 바라보며 지금 저기에 자기
자신이 있다고 느끼고 있는 건 아닐까, 나는 지금
여기에 있는데 그이 혼자 아주 먼 곳에 가 있는
것처럼 낯설고 쓸쓸해 보였어요. 그리고 그이가
말했습니다.

　"저기, 저거. 방금 저거 봤어?"

　주변에 비해 더 많은 물보라가 치는 곳을 그이
가 가리켰습니다. 그러고는 무언가 엄청난 걸 목
격한 사람처럼 서둘러 사진을 찍기 시작했어요.

그 섬을 다시 떠올리면요, 나는 여전히 우리
가 묵었던 지저분한 숙소라든지, 입맛에 맞지 않
는 식사 메뉴 같은 것이 가장 먼저 생각나요. 그
곳에는 당장 망할 것 같은 외관이지만 별다른 대
안이 없어서 절대 망하지 않을 상가들이 많았습
니다. 간판이 온전하지 못한 미용실도 있었고, 맞
은편으로 농약이나 농기구를 파는 상점도 있었어
요. 그런데도 그이는 그런 것들에 대해서라면 아
주 잊어버린 사람처럼 줄곧 그 고래에 대해서만
이야기했습니다.

이 사진을 좀 보시겠어요? 선생님은 이게 어떻
게 보이나요? 여기 어디에 고래가 있나요?

고백하자면, 나는 그날 아무것도 보지 못했습
니다. 그이가 가리킨 곳에는 오로지 깊고 검은 바
닷물뿐이었거든요. 그런데도 마치 그이가 본 걸
나도 함께 보고 있다는 듯이 놀라는 표정을 연기
했습니다. 그게 정말 있는지 없는지 같은 건 당
시의 내게는 하나도 중요하지 않았습니다. 중요
한 것은 그 순간이 우리에게 몹시 의미 있는 장면
이 되었다는 점이에요. 게다가 여행 동안 모자라

고 나빴던 것, 어쩌면 우리를 헤어지게 만들었을
지도 모르는 모든 정황들이 이 한 장면을 더욱 돋
보이게 만들었습니다. 무엇보다 그런 곳에 함께
있는 우리를 더없이 다정한 존재로 만들어주었어
요.

*

늦은 저녁 시간이었지만 여전히 나는 혼란스
러웠습니다. 현관문을 열고 들어온 그이를 마주
하는 일도 마찬가지였어요. 불 꺼진 거실에서 나
는 오랫동안 그이를 기다리고 있었습니다. 어떤
의도가 있었다기보다는 불을 켤 생각도 못 할 만
큼 나는 온통 딴생각에 빠져 있었을 뿐입니다. 그
이도 마찬가지였을 거예요. 내가 거기 있다는 걸
분명 모르지 않았을 텐데도 별다른 말 없이, 안방
과 서재의 문을 차례대로 열어보는 것이 먼저였
습니다. 그이의 동선을 따라 집 안의 조명이 하나
씩 켜지기 시작했습니다. 그러고는 내가 닫고 정
리했던 모든 것을 그이는 빠짐없이 확인했습니

다. 간간이 한숨을 쉬는 소리도 들려왔습니다. 무언가를 체념하거나, 견뎌야 할 때 자신도 모르게 내뱉는 그런 소리였습니다. 그러고는 욕실로 들어가버렸습니다. 곧이어 샤워기에서 물줄기가 쏟아지는 소리가 들렸습니다.

여전히 나는 거실의 조명만은 밝히지 않은 채 방금 본 그이의 얼굴에 대해서만 생각했습니다. 어딘가 실망한 기색이 역력해 보였습니다. 주눅이 든 것 같기도 하고, 걱정스러워하는 표정이었습니다. 예상대로 그이는 아무것도 찾지 못한 채 돌아왔습니다. 오히려, 무언가를 찾았다면 더 큰 일이 되었을 겁니다. 몸집이 작고 하얀 털이 복슬거리는 무언가를 품에 안고 돌아왔다면, 이번에는 우리 대신 다른 누군가가 그것을 애타게 찾게 될 테니까요. 그러나 다행히 그런 일은 없었습니다. 그럼에도 내 마음은 여전히 무거웠습니다.

방금 그이가 서 있던 환한 쪽에서 나를 보면 내가 어떻게 보이는 걸까, 뭐가 보이긴 하는 걸까, 나는 한참 동안 이곳에서 그이를 기다렸습니다. 얼마나 시간이 지났는지 모르게 창밖은 이미 어두웠습니다. 그런데도 도대체 그이는 어디까지 갔었던 걸까. 왜 있지도 않은 그 개에 대해서만 이토록 염려하는 걸까. 버젓이 여기 혼자 있는 내가 아니라······.

"우리, 얘기 좀 할까."

그이가 욕실을 막 빠져나왔을 때, 아직 마르지 않은 머리카락을 바라보며 내가 말했습니다. 그런 다음 그이의 젖은 발 쪽으로 시선을 옮겼습니다. 가능하면 그이 주변의 것들, 그이가 서 있는 벽과 바닥이 맞닿는 모서리, 문과 문틀이 겹치는 경계, 욕실의 젖은 공기가 문밖으로 조금 이동하는 장면 같은 것들에 집중했습니다. 차마 그이의 얼굴을 바로 볼 용기는 나지 않았어요. 그랬다면, 겨우 참고 있던 무언가를 한꺼번에 터뜨려버릴 것 같았습니다. 적어도 그것으로 내가 무너질 수도 있었습니다.

그이는 순순히 내가 앉은 소파로 오더니 나를 마주 보는 대신, 내가 보는 방향으로 함께 앉았습니다. 그러니까 우리는 아무것도 켜지지 않은 텔

레비전 화면을 바라보며, 지금의 상황을 어떻게
정리하는 게 좋을지 고민했습니다.

"어딜 갔었던 거야? 전화는 왜 받지 않고."

꺼진 텔레비전 화면에 우리 부부의 모습이 비
쳤습니다. 옆으로 돌아앉지 않아도 나는 그이가
무릎 위에 모은 두 손을 볼 수 있었습니다. 아무
것도 쥐지 않은 빈손이었습니다. 그런데도 거기
에 뭐가 있다는 듯이 내려다보는 그이가 나는 몹
시 안타까웠습니다. 그 손이 그이의 얼굴을 감쌀
때도 마찬가지였습니다.

"당신이 데려간 게 아니었어?"

내 질문에 대답하지 않고 다른 말을 하는 그이
는 몹시 지쳐 보였습니다. 아무 도움도 되지 못하
는 내가 그를 더 지치게 만드는 건 아닐까, 나는
미안해졌습니다. 대신 그이의 앞머리를 가만히
빗어주었습니다. 아직 젖은 머리카락을 털어 말
려주었습니다. 헝클어진 앞머리를 한 그이가 고
개를 들고 나를 바라보았습니다.

"솔직하게 말해줘. 정말 아니야?"

무엇보다 그런 그이를 보고만 있는 일은 나를

미치게 만들었습니다. 그럼에도 들키지 않게 심호흡을 하며, 나는 오래전 그이가 보았다던 그 고래에 대해서만 생각하려 했습니다. 그게 어쩐지 나를 조금은 견딜 수 있게 만들어주었거든요. 그러니까 그날 내가 본 것은 아무것도 없었습니다. 실제로 거기에 무엇이 있었든 하나도 중요한 게 아니었습니다. 다만, 당시에는 우리가 그렇게 믿기로 했다는 거예요. 그럼에도 그것이 우리에게 어떤 의미가 되었던 것만은 틀림이 없었습니다. 어쩌면 지금 이 순간, 우리에게 가장 필요한 것도 그런 게 아닐까. 내 남편을 믿어줄 누군가가 필요하다고요. 그게 오직 나 한 사람뿐이라는 것도 의심할 수 없을 만큼 분명했습니다.

"너무 걱정하지 마. 아주 멀리 가지는 않았을 거야."

품에 안은 그이의 머리카락에서는 아주 익숙한 냄새가 풍겼습니다. 서로 다른 우리가 같은 것을 먹고, 같은 세제로 빨래를 하며, 함께 같은 프로그램을 시청하는 동안 누구보다 닮아가고 있다는 생각은 나를 단단하게 만들어주었습니다. 그이는 볼 수 없는 그이의 등을 내가 두드리며, 우리의 불안을 조금쯤 달래보고 싶었습니다.

*

다음 날, 출근한 그이를 대신해 나는 그 개를 찾으러 나섰습니다. 평소보다 일찍 깬 그이가 서재에서 무언가를 준비하더니, 집을 나서기 전에 내게 부탁한 것이 있었거든요. 거기에는 우리 부부의 연락처와 함께 밝고 하얀 털을 가진 견종 사진이 칼라로 인쇄되어 있었습니다.

'개를 찾습니다. 만 2세, 몰티즈 암컷, 겁이 많지만 물지 않음.'

그러고는 부착하기 전에 관리사무소에 들러 미리 허락을 받아야 한다고 했고, 되도록 사람들 눈에 띄는 곳, 이를테면 버스 정류장이나 집에서 가까운 학교 앞이 좋다고도 했습니다. 무엇보다 가장 먼저 경찰서에 들러 신고부터 해야 한다고 당부하더군요. 그리고 나는 그 말에 모두 고개를 끄덕이며, 그이가 볼 수 있도록 일부러 어떤 단어들은 들리는 대로 메모를 해두기도 했습니다. 초조해하는 그이를 안심시키는 게 우선이었습니다. 그러나 현관문이 닫히기 무섭게 다시 돌아온 그이는 좀 전에 했던 말을 내게 또 한 번 반복했습니다.

"알아, 여보. 경찰서 가서 바로 신고부터 하고. 관리사무소에 말해둘게. 이러다 늦겠어."

평소와 달리 그이를 주차장까지 배웅하고, 단지 바깥으로 빠져나가는 것까지 확인한 뒤에 나는 집으로 돌아왔습니다. 그러고는 차를 끓였습니다. 뜨거운 것을 천천히 마시며 되도록 차분하게, 우리가 앞으로 해야 할 일들을 계획했습니다.

식탁 위에는 그이를 위해 챙겨둔 영양제가 그대로 남아 있었습니다. 그것을 도로 약병에 옮겨 담으며, 거기에 적힌 작은 글자들을 소리 내어 읽었습니다. EPA와 DHA, 혈중 중성지질 개선, 혈행 개선, 기억력 개선, 안구건조증 개선, 면역력 증진과 피로 개선, 혈소판 응집 억제, 하루 1회 2캡슐……. 그리고 어쩌면 그이의 증세가 예상보다 더 심각한 수준일지도 모른다고 생각했습니다.

고작 이 정도의 효능으로는 이미 손쓸 수 없을 정도의 문제일 수도 있었습니다.

뜨거운 차를 한 모금 입에 담은 채 생각한 것들을 다시 한 번 천천히 정리해보았습니다. 샤워를 하고, 외출을 준비하는 동안에도 여전히 같은 생각만 되풀이했습니다. 나까지 허둥댈 수는 없었습니다. 누군가는 이 문제를 해결해야 했습니다. 더구나 그게 내 남편의 일이라면 오직 나만이 할 수 있었습니다. 전단지에는 결코 이전에는 한 번도 본 적 없는 몰티즈 사진이 들어 있었습니다. 그러나 그런 것 정도는 인터넷 검색만으로도 순식간에 수십 장은 찾을 수 있었겠지요. 그것을 나는 가방 안에 챙겨 넣었습니다. 더 복사할 것도 없이 그것 한 장이면 충분했습니다. 무엇보다 그이의 부탁대로 가장 먼저 경찰서를 찾을 생각은 전혀 없었습니다. 경찰보다는 의사가 더 먼저라는 생각에는 변함이 없었습니다. 아니 그보다는 그이를 설득하는 게 우선이었습니다. 그동안의 그이의 증상에 대해 이야기하고, 필요하다면 전문적인 치료를 권해야 했습니다. 이 모든 것이 그이를 위한 거라고, 감금이나 입원같이 심각한 표현은 되도록 피하고 이 모든 결정이 내가 아니라, 당신, 더 정확히는 우리를 위해서라는 점을 명확히 해두어야 했습니다. 그러니까 그이가 나를 신뢰하게 만드는 것이 무엇보다 먼저라고 나는 믿었습니다.

출근 시간이 한참 지나 점심시간에 더 가까웠을 때에야 나는 집을 나섰습니다. 충분히 걸어서 갈 수 있을 만한 거리였으나, 굳이 택시를 타고 목적지로 향했습니다. 지하철역과 가까운 사거리에서 내린 뒤, 은행에서 넉넉하게 현금을 뽑았습니다. 횡단보도를 사이에 두고 건너편 3층 건물을 바라보았습니다. 제과점과 편의점, 아직 열리지 않은 상가들도 더러 있었습니다, 통신사 매장에서 들려오는 음악 소리는 무척 컸습니다. 유동인구가 제법 많은 곳이었는데, 천변과 가까운 곳이라 한낮에도 산책을 나온 사람들이 드물지 않았습니다. 다리 아래로 지나는 사람들을 나는 유심히 바라보았습니다. 유모차를 끌고 온 사람들도 있었고, 자전거를 타는 사람들, 빠르게 걷거나 천천히 걷거나, 그중에는 개를 끌고 나온 사람들도 있었습니다. 그들이 누리고 있는 일상이 내 것과 아주 크게 달라 보이지는 않았으나, 그럼에도 우리 부부에게 아직 없던 장면들이었습니다. 우리가 감당할 수 없을 만큼 어려운 일도 아닌 반려견을 키우고, 산책시키고, 배변을 치우는 일, 고작 그런 것이 우리를 망치게 가만히 둘 순 없었습니다.

제법 시간이 지났는데도 아직 열지 않은 상점이 있었습니다. 그곳 유리문 앞에 적힌 오픈 시간을 다시 한 번 확인했습니다. 예정대로라면 아직 30분은 더 기다려야 했습니다. 지루할 법도 했지만, 나는 대신 유리벽 너머의 동물을 찬찬히 살피는 것으로 남은 시간을 보냈습니다. 그중에는 그이가 내게 준 전단지의 사진과 몹시 닮은 것도 있었습니다. 정확한 크기나 무게를 알 수는 없었으나, 그이도 알 수 없기는 마찬가지였습니다. 처음부터 우리에겐 없던 것이었으니까요. 그것을 그이에게 데려다줄 생각이었습니다.

다행히 경비실에서 발견하고, 관리사무소에서 맡아주었다고, 아무 일도 없었다고, 그런 다음에는 근래 들어 나빠진 그이의 기억력에 대해 이야기할 생각이었습니다. 이번에는 찾았지만 다음번엔 그렇지 않을 수도 있을 거라고, 더 중요한 걸 잃어버릴 수도 있을 거라고…….

그게 나나 당신 자신일 수도 있어.

그리고 우리가 당장 실천할 수 있는 계획들을 의논할 생각이었습니다. 아직은 아주 심각한 건 아니지만 충분히 더 나빠질 수 있는 가능성들, 그럼에도 상담을 받고 치료를 받는 것만으로도 괜찮아질 수 있는 기대들에 대해서 말이에요.

유리벽 안의 작고 하얀 개가 나는 어느새 익숙하게 느껴졌습니다. 아주 오랫동안 우리가 먹이고 기르던 것처럼, 당장 내 손길이 필요해 보였습니다. 무엇보다 저 안에 있는 것이 내 남편과 몹시 닮아 보였습니다. 앞발로 벽을 긁고, 꼬리를 흔들고, 투명한 유리벽에 막혀 내 품에 달려들지 못하는 그 개를 보고 있자니, 오전 내내 혼자서 초조해하고 있을 그이가 걱정되었습니다. 아마 먼저 연락을 해서 그사이의 소식들을 묻고 싶은 것을 겨우 참고 있을지도 모릅니다. 초조한 것은 나도 마찬가지였습니다. 그리고 더 참지 못하고 당장 나는 그이에게 전화를 걸었습니다.

우리의 개가 여기에 있어.

기다리고 있을 그 소식을 나는 서둘러 전해주고 싶었습니다.

4

*

  결혼을 얼마 앞두고 미양은 내게 몇 가지를 당부했었다. 그 자리에서 미양은 이전에는 전혀 않던 이야기를 길게 들려주었는데, 대부분은 내가 알지 못했던 장인의 이력에 관한 것이었다. 정리하자면 결국 도박만큼은 안 된다는 소리였다. 장모님이 일찍 돌아가신 것도 모르긴 몰라도 그게 중요한 원인이 되지 않았겠느냐고, 허황된 마음에 괜한 욕심 부리지 말고 부족하면 부족한 대로 분수에 맞게 살자고 말하는 당시의 미양이 나는 무척 사랑스러웠다. 그리고 나는 그중 무엇 하나 전혀 걱정할 게 없다고 안심시켰는데, 그런 쪽이라면 애당초 관심도 없고 눈길도 주지 않았다. 그리고 나는 그때까지 미양이 몰랐던 우리 가족에 대한 이야기도 들려주었다. 젊은 시절 자수성가한 우리 아버지는 전주에서 중국집을 크게 운영했는데 이름만 대면 누구나 알 정도로 지역에서 규모를 늘려가다가 하루아침에 전부 날려먹었다. 이후로 우리 가족이 이사를 열두 번도 넘게 다니며 고생이 참 많았다고, 그게 다 보증을 잘못 선 탓이라고, 그러니까 걱정하지 마, 우리에게 그런 일은 전혀 없을 테니까, 하고 안심시켰다.

미양의 소박하면서도 성실한 인생관이 나는 좋았다. 작은 것에 만족하는 사람이었고 어쩌면 그런 성격이 한없이 부족하기만 한 나를 곁에 두는 가장 큰 이유인 것도 같았다. 나는 미양을 끌어안았다. 그제야 마음이 놓였는지 미양도 조금 웃어 보였다. 그러고는 품에 안긴 채 부드럽게 속삭였다.

"그리고 하나 더. 당신 소설에서 내 이야기는

하지 말아줘."

　지금에 와서 변명하자면, 그때는 그럴 수 있을 줄 알았다. 대수롭지 않다고 생각했고, 원만한 가정생활을 꾸리는 데 아무래도 그쪽이 더 좋다고 생각했다. 문제는 소설가란 애당초 그게 불가능한 종자라는 것이다. 모름지기 자신의 경험과 주변의 이야기를 조합해서 재구성하는 게 소설가의 일 아닌가. 그토록 많은 작가들이 글은 안 쓰고 술자리를 전전하는 이유가 다 무엇이겠나. 내가 아는 어떤 소설가는 원고 마감이 코앞으로 다가왔는데도 한 글자도 쓰지 못했다고 매번 징징거렸다. 그러면서도 그 무렵 있던 술자리에는 한 번도 빠지지 않는 게 속이 빤히 보였다. 그게 다 주워들을 게 없나 싶어 그러는 거 아닌가. 대개의 위대한 고전들로 말할 것 같으면, 많은 경우 자전적인 요소를 가지고 있고, 그러다 보니까 주변 사람들, 누구보다 먼저 가족들을 팔아먹으며 쓰여진 것들 아니겠는가.

　나는 종종 소설가를 지망하는 학생들에게 이렇

게 조언했다.

"도저히 더 쓸 말이 없다 싶으면, 그때 삼촌을 등장시켜라."

어느 가정이든 망나니 삼촌 하나쯤은 있게 마련이니까, 젊은 날에 함부로 인생을 망치고 잘난 거라고는 하나도 없으면서도 나이 어린 조카에게 훈계하는 일에는 조금도 게으르지 않은 그런 부류의 친인척은 어디든 있으니까. 그런 사람을 써라, 물론 나라고 왜 안 그랬겠나. 삼촌에 대해서라면 진작에 썼지. 아버지? 우리 아버지? 조부모도 쓰고 이모, 고모고 할 것 없이 다 써버린 지 오래였다. 말하자면, 새로운 가족이 생긴다는 건 슬럼프를 겪는 소설가에게 일종의 기회인 셈이었다.

다년의 경험으로 깨달은바, 소설이 잘 써지지 않을 때 가장 효과적인 대처법은 계속 소설을 쓰는 것뿐이었다. 그 외에 별다른 대안은 없었다. 찬물을 뒤집어쓴다거나, 카페인을 과량 섭취한다거나, 집필 환경을 바꿔보고자 시작한 물걸레질이 예상 외로 큰 도움이 됐더라는 주변의 조언을 종종 듣기도 하지만 그것 모두 계속 쓰기 위한 예비 과정일 뿐이었다. 그러니까 아무리 냉수마 찰을 하고 커피를 1리터씩 마신다고 하더라도 다 시 책상 앞으로 돌아오지 않는다면 결국 아무 도 움이 되지 않았다. 말하자면, 버티고 견디고 물고 늘어지는 일이야말로 소설 쓰기의 가장 중요한 덕목인 셈이었다. 무엇보다 소설가들이란 거의 매일 소설이 잘 써지지 않는 사람들 아닌가. 모니 터의 빈 문서를 노려보며 자주 무언가를 견디는 일이 직업이 된 사람들이다. 그게 가장 중요했다. 그 상태 그대로 오래 노려보는 것. 끈기, 성실함, 아무튼 뭐 그런 기본적인 것.

언젠가는 어느 자리에서 소설가들끼리 모여 이 야기하다가 서로의 공통점을 확인한 적도 있었 다. 그러니까 근래 유익하게 읽은 서적들을 공유 하고, 글쓰기의 어려움을 토로하던 중에 누군가 얼마 전부터 수영을 배우기 시작했다는 말을 꺼 냈던 것이다. 평소 허리가 좋지 않아서 오래 앉아 있기 힘들다는 것이 요지였는데, 그것을 시작으로 또 다른 사람은 전부터 손발이 자주 저린다고 했고, 그게 터널증후군의 초기 증상이라고 했고, 신체 어디쯤을 짚어주며 이곳을 누르거나 주무르는 게 효과가 좋다, 지압 자리를 알려주기도 했다. 무엇보다 그날 우리의 화두는 단연 검은콩이었다. 그걸 볶아 공복에 복용하는 것이 원형 탈모에 좋다는 내 말을 모두가 주의 깊게 경청해주었다. 그날의 분위기란 전혀 소설적인 데 없이 너무나 현실적이어서, 어째서 아픈 데 없이 몸 성하게 소설을 쓰는 일이란 불가능한 것인가를 새삼 고민하게 만드는 자리였다. 단순히 오래 계속 쓰려는 것뿐인데 그러지 못할 사정들이 너무 많았다. 말하자면, 나는 나의 건강을 위해 공허하고 광활한 빈 문서를 장인의 이야기로 가득 채워 나갔다. 물론 거기에는 미양의 이야기도 조금 들어가 있었다.

미양이 그 소설을 읽은 것은 발표되고 얼마 지난 뒤의 일이었다. 날로 좁아지는 서가를 더는 감당하지 못해서 따로 빼놓은 과월호 문예지에서였는데, 다른 잡다한 것들과 함께 내다 버리려고 쌓

아둔 것을 표지에 적힌 내 이름을 발견한 미양이 집어 들었던 모양이다. 그러고는 거실에 앉아 한동안 페이지를 넘겨가며 집중했다.

물론 미양에게 따로 허락을 구한 게 아니었고, 결혼 전 당부한 것도 있었으므로 나는 몹시 긴장이 되었다. 괜히 화장실을 들락거리고, 찾는 것도 없이 냉장고를 살피기도 하고, 깨끗한 식탁을 공연히 행주로 훔쳐대며 미양의 표정을 살폈다. 어느 단락을 읽고 있는지 잠깐 미간을 찌푸렸다가 깊은 한숨을 쉬기도 했는데 돌아가는 정황상 뭐라 변명할 말을 길게 준비해둬야 할 것 같았다. 그러고는 또 한참을 아무 말 없이 가만히 앉아만 있었다.

사람들이 다 나 같지 않아서 내가 쓴 소설도 다 나처럼 읽지 않는다는 사실이 당혹스러울 때도, 다행스러울 때도 있었다. 한번은 미양이 어느 작가의 칼럼이 실린 기사 링크를 보내준 적이 있었다. '어렵게 쓴 사람 잘못이에요'라는 제목이었는데 그것으로 미양이 내게 무얼 말하고 싶은지 대번에 알 수 있었다. 도움이 되고 싶었을 것이다. 미양은 평소 내가 쓰는 문장에 불만이 많았는데 한편으로는 그게 다행이라는 생각도 들었다. 그러니까 언제나 내가 가장 쓰고 싶었던 이야기는 우리의 이야기였고, 때가 되면 그걸 써도 되지 않을까. 지금은 아니더라도 나중에는 그래도 되지 않을까. 무엇보다 미양은 모르게 쓰고 싶었다. 그게 가능할 것 같았다.

　나는 이따금씩 소파에 가만히 앉아 있는 미양이 몹시 궁금하다. 무얼 따로 하는 것도 없이 조용한 미양이 지금 내 소설을 생각하고 있는 건 아닌지 불안해진다.

　미양은 내가 소설가라는 사실을 대수롭지 않게 여기면서도 내 소설이 남들에게 어떻게 읽히는지에 대해서라면 나만큼 궁금해하는 것 같았다. 얼마 전에는 근래 들어 부쩍 가까워진 사람에게 내가 쓴 단편소설을 보여주기도 했는데, 며칠이 지나도록 별다른 말이 없어서 그렇게 별로였느냐, 먼저 슬쩍 운을 떼보았다고도 했다. 부담스럽게 뭘 그런 걸 묻느냐, 다들 바쁜데 귀찮게 하지 말아라, 그런데…… 그래서 뭐래? 진짜 별로래? 무심하게 굴고 싶은데 매번 잘 되지 않았다. 무엇보다 이상한 방식의 위로를 받았다는 미양의 대답에 나는 자꾸 신경이 쓰였다. 그러니까 "거기서 아내가 사고를 당하더라고요" 하는 말 속에 숨은 어떤 조심스러운 태도에서, 뒤이어 "그런데 그래도 괜찮아요?" 묻는 질문 같은 것에서 그걸 느꼈다고 했다.

"나는 괜찮아, 나는. 그런데 다른 사람들은 아니잖아. 그게 나라고 믿어버릴 수 있는 거잖아."

어쩌면 미양은 이제 와서 다시 그런 생각을 하고 있는 게 아닐까. 그러니까 지금의 미양은 그때와 무척 닮아 있었다. 거기에 진짜 내 진심 같은 것이 있을 거라고…… 혹시 그런 것 모두를 지적하고 싶어진 게 아닐. 만약 그렇다면 내 입장에서 할 수 있는 말이란 고작, 그게 어떻게 당신이냐고, 그거 너 아니라고, 단지 소설일 뿐이지 않느냐, 정색하고 설득하고, 결국에는 전혀 그럴 만한 일이 아닌데도 이상한 위로를 이상한 방식으로 건네야 하는 상황이 오고야 마는 게 아닐까.

그날 저녁 미양은 알감자를 간장에 조려 식탁에 올렸다. 양념장을 바른 깻잎을 쪄서 내놓기도 했는데 평소라면 손이 많이 가는 탓에 졸라도 잘 해주지 않던 것들이었다. 그럼에도 하나도 입맛이 돌지 않았다. 그런 배려가 어쩐지 더 불길하게 느껴졌기 때문이었다. 깻잎 쪽에는 손도 대지 않고 괜히 맨밥만 우걱우걱 밀어 넣었다. 그러다가 미양이 내 쪽으로 물컵을 내밀었을 땐 소스라치게 놀랐다. 집어 던질 거라고 생각했기 때문이었다. 그러나 대체로 미양은 차분했고, 성질을 부린 것도 아니었는데 뭐랄까…… 나를 조심스럽게 대하는 것 같았다. 아니면 바라보는 눈빛이 좀 애처로웠다고 할까. 식사 후에도 다른 때 같으면 절대 양보하지 않는 텔레비전 리모컨을 내 쪽으로 슬쩍 밀어놓길래, 모르는 척 넌지시 미양에게 물었다.

"그런데 당신 혹시…… 내 소설 읽었어?"

화를 내거나 다신 그러지 말라거나 아무튼 뭐라 비난하는 말이 돌아올 거라고 예상했으나 미양의 반응은 전혀 의외였다. "어? 뭐? 아, 그

거…… 어머, 내 정신 좀 봐" 하더니 주방 쪽으로
부리나케 달려가버렸다. 그러고는 별로 할 것도
없어 보이는데도 싱크대를 살피고 수납장의 그릇
들을 꺼내 닦기 시작했다.

그날 밤, 미양은 오래 잠들지 못했다. 나도 함
께 뒤척이기를 반복했는데 결국 더 참지 못하고
미양은 등을 세우고 바로 앉았다.

"있잖아, 어렸을 때, 우리 집이 다 망하기 전에
말이야, 구미에서 두 번째로 큰 공장을 했거든.
고모랑 작은아빠랑 다 그걸로 키웠어. 그런데도
막냇삼촌은 기름밥 먹으면서 고생하지 말라고 기
어코 서울로 보내더라. 그 삼촌 결혼할 때 누구보
다 아빠가 가장 크게 울었어. 한번은 아빠랑 같이
삼촌 집에 간 적이 있었는데, 오랜만에 두 형제가
앉아서 술도 좀 마시고 옛날에 고생했던 이야기
를 하다가 아빠가 너무 취해버린 거야. 그래서 삼
촌이 '형님, 먼 길 오시느라 피곤하셨을 텐데, 그
만 주무셔야죠' 했거든? 그러니까 갑자기 삼촌 뺨
을 냅다 후려치면서 아빠가 그러는 거야, 무시하
지 말라고. 내가 아무리 옆에서 말리고 붙잡아도

소용이 없었어. 멱살을 잡고 삼촌을 때리고 나중에는 막 아무거나 집어 던지더라."

불 꺼진 방 안은 평소보다 넓어 보였다. 비어 있는 곳이 두드러질 만큼 허전했는데 무엇보다 미양의 그런 말을 듣고 있자니 마음 한구석이 텅 빈 것처럼 쓸쓸했다. 그리고 나는 그런 말을 하는 미양의 의도가 무엇인지 알 것 같았다. 어딘가 진심으로 나를 위로해주는 듯싶었다.

"그런데 나는 말이야, 아직도 그게 궁금해. 그걸 아빠는 언제부터 알고 있었을까. 그 무던한 양반이 어디 말도 못 하고 얼마나 오랫동안 그걸 다 참고 견뎠던 걸까, 그런 생각을 하다 보면 너무 미안한 거지. 혹시 나도 들켰을까봐. 그런데도 모른 척 아빠가 다 나를 참고 견디고 한 거면 어떡하나. 그러니까 여보…… 나는 당신이 이런 걸 썼으면 좋겠어. 지금 쓰는 그런 거 말고."

미양이 말하는 이런 것과 그런 거 사이의 낙차가 얼마쯤인지 가늠해보았다. 그러고는 잠깐 틈을 둔 뒤에, 조심스럽게 내 소설이 그렇게 재미없었느냐고 물었다. 쑥스러운 건지, 미안해서 그런 건지 미양은 아주 살짝 고개를 끄덕거렸다. 그런 거라면 다행이라고 나는 생각했다. 그러면서도 한편으로는 조금 비참한 기분도 들었다.

*

반면, 소설가라는 직업에 나름 자부심을 느낀 적도 있었다. 더러 나를 먼저 알아보는 사람들도 있었기 때문이었다.

몇 달 전, 지독히 무더웠던 여름 무렵의 일이 었다. 개인적으로 여름을 선호하는 이유 중에 하나는 복숭아와 수박, 참외와 포도 같은 제철 과일을 마음껏 즐길 수 있기 때문이었다. 옥수수도 좋고, 콩국수도 좋고, 냉면이나 삼계탕, 아무튼 여름을 핑계 삼아 마구 먹을 수 있는 것들이 이렇게나 많은데도 그 무렵 나는 더위를 먹어버렸다. 그런 데도 바로 알지 못한 채 괜한 식탐을 부려서 체기가 도진 줄로만 알고 소화제도 종류별로 여럿 먹었으나 좀처럼 나아지지 않았다. 거기에 어지럼증과 두통이 더해져 근 며칠은 차가운 방바닥에 누워 아무것도 하지 못했는데 그마저도 금세 데워지는 탓에 자리를 옮겨 다녀야 했다. 그나마 할 수 있는 거라곤 텔레비전을 켜놓고 몇 해 전 동남아시아 어디에서 개최된 아시안게임 재방송을 종일 시청하는 것이 전부였다. 저곳은 또 얼마나 더울까. 거기에 비하면 이곳은 좀 나은 편이지 않을까, 생각하며 견딜 뿐이었다.

그즈음에 읽은 어떤 교양과학 서적에 따르면 인간은 다른 어떤 동물에 비해 뛰어난 지구력을 바탕으로 오래 달리기에 매우 유리한 종족이라고 했다. 무엇보다 그 놀라운 지구력의 비결은 다른 동물에 비해 발달한 땀샘에 있다고 했는데 체온을 일정하게 유지하고 조절하는 데 도움이 되기 때문이었다. 말하자면 도무지 끝날 것 같지 않은 이 무더위를 버틸 능력이 인류에게는 이미 주어져 있던 셈이었다. 땀샘을 열고 체온을 조절하며 흠뻑 젖고 나면, 이 계절도 어느새 멀리 가 있겠지. 진짜, 그렇겠지? 입추 지나면 좀 괜찮아지겠지? 그러니까 나는 그런 대단한 지구력과 인내력으로 그 무렵의 여름을 지루하게 견디고 있었다.

게다가 그런 무더위를 견딜 만한 장소라면 단연 서점만 한 곳이 없었다. 은행보다 한산하고, 버스만큼 멀미가 심하지 않은 데다가 무엇보다 공짜 냉방기 아래에서 독서와 교양을 쌓는 일이 좋았다. 그중에서도 집에서 버스로는 일곱 정거장 거리에 있는 중고서점을 그 무렵의 나는 거의 매일 출근하다시피 방문했다. 그곳에서 내가 구입한 도서 중에는 이미 절판되어서 시중에 구하기 어려운 것들도 여러 권 있었는데 한번은 정가의 세 배쯤 비싼 가격으로 스페인 출신의 소설가가 쓴 번역서 한 권을 중고로 구매한 적도 있었다. 마니아들 사이에서는 제법 이름이 난 작가의 데뷔작이었고, 800페이지가 넘는 분량이라 안 그래도 비싼 가격이었는데, 출판사의 부도로 절판이 되었던 모양이다. '소설가들이 몰래 읽는 소설, 소설가들의 소설가'라는 중고도서 전문 판매자의 홍보 문구가 나는 마음에 들었다. 그러니까 중고가가 정가의 네 배쯤 뛰었을 무렵, 또 다른 문학 전문 출판사에서 재출간되지만 않았더라면 나로서는 더없이 애지중지했을 그런 책이었다.

뭐, 그렇다고 재테크의 수단으로 책을 사 모았다는 의미는 아니다. 그것은 마치 습관처럼 나도 모르게 일어나는 일이었다. 아니, 일종의 중독 증상에 더 가까웠을 수도 있다. 당장 읽지도 않을 거면서 자꾸 사고 싶은 것들이 생겼던 것이다. 이를테면 나는 비슷한 내용의 물리학 관련 서적들을 제법 많이 소유하고 있었는데, 그것 중 어느 것도 제대로 완독하지는 못했다. 그러나 같은 주제의 신간 서적만 보면 이번에는 좀 다르지 않을까, 어쩐지 기대하게 되었다. 게다가 그것들을 색깔별로 크기별로 한꺼번에 모아놓고 보면 왠지 뿌듯했다. 통장에 잔고가 쌓이는 기분이 이런 건가, 나는 한 번도 만족할 만큼 돈을 모아본 적이 없어서 잘 모르지만 괜히 부자가 된 기분도 들었다.

그렇다 보니, 서점은 나의 마음을 안정시키는 몇 안 되는 장소였다. 딱히 용무가 없는 날에도 외출해서 주변에서 가장 가까운 서점에 들어가 두꺼운 서적을 들춰보고, 신간 도서의 동향을 파악하는 것이 나의 거의 유일한 즐거움이었다. 무엇보다 매번 아무도 읽지 않은 책을 찾아낼지도 모른다는 기대를 혼자 품고 있었다. 그러니까 눈에 잘 띄지도 않는 서가 한구석, 절대 팔릴 것 같지 않은 책을 골라 어쩌면 내가 이 책의 가장 첫 독자가 아닐까? 이런 상상을 하다 보면 한 번도 본 적 없는 저자와 친밀한 관계가 된 것 같아서 기분이 이상했다. 더구나 어딘가에서, 게으른 서점 주인의 잘못으로 반품 시기를 놓치고 매대 한 구석의 자리를 여전히 지키고 있을 나의 출간 도서들도 그렇지 않을까 싶었다. 누군가 한 사람쯤은 아직 그것들을 읽고 있지는 않겠나, 내심 기대가 되었다. 그러니까 다름 아닌 바로 그 중고서점에서 웬 낯선 여자가 나를 알아보았던 것이다.

*

내게 집중하고 있는 저 시선 탓에 나는 괜히 어깨를 펴고 허리도 곧추세운 채 불편한 자세를 유지했는데, 혹시라도 내가 아니라 내 뒤의 누군가를 보고 있는 것인가 싶어서 나는 주변을 살피는 꼼꼼함도 놓치지 않았다. 그러나 그럴 만한 사람은 전혀 없고 어딜 보아도 빼곡하게 책장을 채우고 있는 중고서적들뿐이었다. 그리고 나는 그다음 상황을 대비해 내가 할 수 있을 만한 행동들을 머릿속으로 그려보았다. 가장 먼저는 사인을 요구했을 때를 대비해 함께 적어줄 멋진 문장을 고민했으나 잘 떠오르지 않았다. 게다가 혹시라도 입 냄새를 풍길 게 걱정되어 과묵한 척을 해야 하나, 그런데 내민 책이 여기서 구매한 중고책이라면 기분은 좀 그렇겠다……, 순식간에 온갖 잡다한 생각에 빠져들었다. 그러나 여자는 별다른 행동 없이 나를 바라보기만 했다. 그게 어딘가 노골적인 데가 있어서 다소 부담스럽게도 느껴졌는데, 마치 뭔가를 확인하려 드는 사람처럼, 그러니까 중고책을 구매하기 전에 상태를 살피는 구매자의 태도로 그 여자가 나를 살피고 있었던 것이다. 나는 가까운 곳에서 손에 잡히는 아무 책이나 골라 표지를 들춰보는 척, 그 여자 쪽을 흘끔 바라보았다. 여자는 여전히 나를 뚫어지게 바라보고 있었다. 더구나 내가 잘못 본 게 아니라면, 나로서는 전혀 이해할 수 없는 표정이었는데, 누군가 지금 우리 두 사람을 본다면 충분히 오해할 수 있을 만한 장면이 연출되었다.

뭐야? 울어? 왜? 그러니까 왜 내 앞에서?

위협적인 데라고는 전혀 없이 왜소한 그 여자가 내 쪽으로 조금 움직였을 때 나는 민망할 정도로 화들짝 놀라버렸다. 어쩌면 그 여자가 요구하고 싶은 것이 내가 생각한 것과는 아주 다른 것일 수도 있었다. 사인이 아니라, 돈일지 몰랐다. 나를 모함하고 궁지에 몰아넣은 뒤 내가 차마 감당할 수 없는 금액을 요구하려는 게 아닐까. 그러나 그럴 만한 경제적 능력이 내게 있을 리 없었다. 더구나 차림새만 보더라도 내가 또 그렇게 부유해 보이는 것도 아닌데, 왜 하필 나란 말인가. 아닌가, 그게 아닌가? 그리고 나는 이 상황에서 더 가능성이 높은 다른 경우도 떠올렸는데, 돈이 아니면 도를 물으려는 게 아닐까, 그걸 아느냐고 자꾸 물으면서 내게 종교를 강요하려는 건 아닐까. 그러고는 어딘가로 끌고 가서 감금하고, 결국엔 돈을 뜯어내겠지? 무얼 요구하고 무얼 묻든 모른다고 잡아떼야지, 나는 다짐했다. 그러나 정작 그 여자가 내게 바란 것은 아무것도 없었다. 대신 우리가 아주 오랫동안 알고 지내왔다는 듯 무척이나 친근하고 다정한 목소리로 나를 부를 뿐이었다.

"여보……."

나는 뒤도 돌아보지 않고 서둘러 서점 밖으로 도망쳐 나왔다.

버스 정류장으로 향하는 대신 나는 가까운 육개장 전문점으로 들어갔다. 갑자기 식욕이 동한 것은 아니었다. 메뉴판에서 입맛대로 고를 것도 없이 가장 눈에 띄는 것을 대충 주문한 다음, 곧장 화장실로 들어갔다. 자리로 돌아왔을 땐 이미 테이블에 내가 주문한 음식이 나와 있었다. 나는 고개도 들지 않고 그 뜨거운 국물에 밥을 말고 숟가락질을 쉬지 않았다. 잠깐 밑반찬을 집는 척 맞은편 테이블을 건너보다가 그 여자와 눈이 마주치는 바람에 급하게 시선을 거둬야만 했다. 화장실에서 나름 버틸 만큼 버텼다고 생각했는데, 그러니까 서점에서부터 줄곧 내 뒤를 쫓던 그 여자가 진짜 나를 쫓는 게 맞는지 확신할 수 있을 만큼 긴 시간이었다. 이윽고 그 여자가 내가 앉은 테이블로 옮겨 와 말했다.

"아까는 죄송했어요. 제가 착각을 좀 했었나 봐요."

그러고는 좀 전에 나를 지켜보던 태도 그대로 다시 나를 관찰하기 시작했다. 나는 속으로는 전혀 다른 생각을 하면서도, 그럴 수 있다고, 이전에도 그런 비슷한 일이 많았다고, 이렇게 생긴 제 잘못이 더 크지요, 괜한 헛소리를 해대기 시작했다. 그러나 여자의 심각한 표정은 좀처럼 풀릴 생각을 하지 않았다.

"실은 얼마 전에 그 사람이 교통사고를 당했거든요."

사망사고였고, 가해자를 잡지 못해서 합당한 보상을 받지도 못했다고 했다. 그러고는 웬만해선 처음 본 사람에게 들려주기 어려운 내밀한 이야기를 여자는 계속 들려주었다. 그리고 나는 좀 전까지 그녀를 의심하고, 도망친 일에 대해 미안한 마음이 들었다. 무엇보다 왜 내게 그런 말을 하는지, 그 이유를 어렴풋이 알 것 같았다. 그게 이 여자의 사정을 더욱 명확하게 보여주는 것 같다고 생각했는데, 그러니까 무언가를 말하지 않으면 견딜 수 없을 만큼 무거운 시간을 견디고 있었던 것 같았다. 한편으로 내심 책임감 같은 것도 들었다. 누군가 그녀의 말을 들어주어야 한다면, 그게 단 한 사람이라면, 죽은 남편을 닮은 내가 되어야 할 것 같았다.

"경찰서에서 연락을 받고 급히 병원으로 달려 갔어요. 그런데요, 안치소에 누워 있는 그이의 얼굴이 무척 낯설더라고요."

뜨거웠던 육개장 국물은 더 이상 더운 김이 나지 않을 만큼 미지근한 상태가 되어버렸다. 그러니까 이후로 몇 그릇을 더 시켰다고 하더라도 그것 모두가 충분히 식을 만큼 오랜 시간 나는 그 여자의 말을 들어주었다.

5

*

가까운 약국에 들러 두통약을 구매했습니다.
체기도 약간 있는 것 같아 함께 마실 수 있는 소
화제도 부탁했습니다. 나이 든 약사는 느린 동작
으로 선반을 살핀 다음, 적당한 것을 내게 건넸습
니다. 그러고는 내가 아직 나가지도 않았는데 줄
여뒀던 라디오의 볼륨을 다시 키우더군요. 주로
청취자의 사연을 읽어주고 틈틈이 유행가를 틀어
주는 프로그램이었습니다. 나는 소화제 병을 그
대로 든 채 약국 안에 마련된 의자에 앉아 매장

안을 둘러보았습니다. 그곳과 멀지 않은 곳에 소
아과와 이비인후과가 있긴 했으나, 그 근처에 서
너 개의 약국이 더 자리 잡고 있었습니다. 그들에
비해 작지 않은 규모였고, 대체로 낡거나 오래되
어 보이는 것들이 많았습니다. 피로회복제나 종
합 비타민, 배변 활동과 다이어트에 좋다는 건강
보조제를 홍보하는 문구도 많았습니다. 흑마늘추
출물, 마그네슘, 울금추출분말과 타우린 함유. 그
리고 거기에는 그이가 다니는 제약회사의 제품도
있었습니다.

'왜 이전에는 한 번도 그러지 않았을까.'

좀처럼 두통은 가라앉지 않았습니다. 품 안에
서 작고 하얀 몰티즈가 몸을 가볍게 뒤척였습니
다. 비교적 사람을 잘 따르고 얌전한 편이었습니
다. 만약, 우리가 무언가를 키우기로 했다면 아
마 이런 것이지 않을까, 나는 생각했습니다. 그이
도 분명 마음에 들어 할 거라고 확신했습니다. 무
엇보다 사진 속의 그 개와 몹시 닮아 보였습니다.
분양을 받고 당장 필요한 사료와 산책용품들을
주문했습니다. 오후쯤 집으로 배송을 해주겠다

고 했는데, 정작 이 소식을 듣고 반가워 할 그이
와 연락이 닿지 않았습니다. 초조한 마음에 여러
번 통화를 시도했으나 받지 않아서, 그이의 연구
실로 전화를 걸어보려 했습니다. 그러나 어째서
인지, 그 번호가 나는 전혀 기억이 나지 않았습니
다. 혹시 하는 마음에 휴대폰에 저장된 다른 번호
가 있지는 않을까, 꼼꼼히 살폈으나 전혀 찾을 수
없었습니다. 생각해보면, 그이의 연구실로 전화
를 걸어본 기억이 내게는 없습니다. 대개는 휴대
폰을 통해 연락을 주고받기도 했지만, 이전에는
급하게 그이를 찾을 만한 일도 딱히 없었기 때문
입니다. 대신 포털사이트에서 제약회사의 이름을
검색한 뒤, 대표번호를 통해 문의하고, 그이가 근
무하는 부서로 연결할 수 있었습니다. 그러나 이
번에도 그이와 통화를 할 수는 없었습니다.

*

단지 입구에 가까워졌을 때, 주문한 애견용품
이 배송됐다는 연락을 받았습니다. 제법 부피가

큰 상자에 담긴 채 현관문 앞에 놓여 있었습니다. 순간, 나는 마음이 조급해졌습니다. 그이가 도착하기 전에 서둘러 정리를 해둘 생각이었거든요. 물론 아직 퇴근 시간까지는 여유가 있었지만, 적당한 자리를 고르고 고민할 시간이 넉넉하게 필요했습니다. 무엇보다 그이의 눈에 잘 띌 수 있도록 해둘 생각이었습니다. 신발장 가장 아래 칸에 산책하기 좋은 그이의 운동화와 함께 목줄을 놓아둘 계획이었습니다. 배변패드는 화장실 앞, 사료와 물을 담은 그릇은 거실 소파 가까운 곳에 두고 자주 식사량을 체크하는 게 좋을 것 같았습니다. 그런 자리라면 식탐을 부리며 오물거리는 작은 입을 구경하기에도 적당할 듯했어요.

그이가 돌아와 달라진 집 안의 풍경들로부터 오히려 익숙한 무언가를 찾기를 나는 바랐습니다. 그러나 기대와 달리, 그이는 거기에 대해서라면 전혀 아무런 말도 하지 않더군요. 아니요, 오히려 내 눈에는 실망하는 기색이 역력해 보였습니다. 그걸 차마 숨기지 못하고, 거실을 돌아다니고 그이의 발치에서 몸을 웅크리기도 하고, 한 번

쯤 쓰다듬어도 좋을 그 하얀 털을 굳이 모른 척하
는 게 아니겠어요? 적어도 어디에서 찾았는지, 안
전한 곳에 있던 건지 물을 수도 있잖아요? 그러
나 그이는 그런 것에 대해서라면 아무것도 궁금
해하지 않았습니다. 이 집 안에 단 한 번도 존재
했던 적이 없는 무언가를 대하듯, 그 개를요, 아
니 더 정확히는 그 개와 나를 아주 낯설게 바라보
았습니다. 처음부터 내가 절대 찾을 수 없을 거라
는 걸 이미 알고 있던 사람처럼요.

"이건 진짜가 아니야. 우리 개가 아니잖아, 여
보."

"그래? 그럼 진짜 우리 개는 어디 있는데?"

되도록 차분하게 나는 그이에게 질문했습니다.

"그건 당신이 알겠지. 도대체 그걸 어떻게 한
거야?"

그러나 돌아오는 그이의 질문에 나도 더는 참
을 수가 없었습니다.

"미쳤어? 내가 그걸 어떻게 했다고? 그렇게 믿
는 거야? 처음부터 그런 건 없었어. 우리가 개를
키운 적은 한 번도 없었다고. 당신도 그걸 알고

있잖아."

내 목소리가 지나치게 과장되게 들릴 것이 나는 걱정되었습니다. 혹시라도 지금 내가 무언가를 연기하고 있다고 그이가 느끼는 건 아닐까. 그러나 좀처럼 조절이 되지 않았습니다. 무릎이 떨리고, 편두통이 다시 시작되는 것도 모두 어쩔 수 없는 일이었습니다. 그러니까 만약, 그이가 내게 장난을 치고 있는 거라면, 전에 비해 그 정도가 심하고 지속적인 무언가를 꾸미는 거라면……이제 제발 그만하는 것이 좋겠다고 경고하고 싶었어요. 그이는 식탁 앞에 서서 두 손으로 얼굴을 감싼 채 서 있었습니다. 그 뒤의 진짜 표정이 어떨지, 나는 상상했습니다. 그게 실은 웃음을 참고 있는 거라면 여전히 참을 수 없이 화가 났을 테지만 그럼에도 그래주기를 나는 내심 바랐습니다. 그러나 마른세수를 하고, 자기 머리를 스스로 헝클어뜨리는 그이의 얼굴은 무어라 단정 짓기 어려울 정도로 복잡해 보이더군요. 화가 난 것 같기도 하고, 슬퍼 보이기도 했어요. 무엇보다 그이는 지쳐 보였어요.

그이는 종일 식탁 위에 놓여 있던 약통에서 영양제 몇 알을 꺼냈습니다. 그런 다음 정수기에서 물을 받았습니다. 일상적이고 익숙한 동작이었어요. 그러나 그이의 상태는 그것만으로는 이제 해결할 수 없을 것 같았습니다. 보다 전문적인 치료가 필요해 보였어요. 아니면 그보다 더 나쁜 상황일 수도 있었습니다. 단순히 건망증이 아니라, 이 모든 게 의도한 거였다면? 치료가 아니라, 신고나 수사가 필요한 일이라면…….

"당신은 나한테 뭔가 숨기는 게 있어, 그렇지?"

그이에게 분명하게 말해주어야 했습니다.

"낮에 연구실로 전화했었어."

내가 알고 있다고. 무얼 숨기는지에 대해서라면 정확히 말할 수 없지만, 그러나 그건 그이가 내게 해명할 문제였어요. 다만 당신이 숨기고 있다는 그 사실 자체만은 내가 알고 있다고, 그게 나를 화나게 한다고, 내가 아는 것이 그것이라고, 그러니 그게 무엇이든, 내게 고백해야 한다고 말이에요. 그런데도 그이는 내 질문에 대답하는 대신 물컵을 건넸습니다. 무엇보다 어째서 내게 그

영양제를 함께 내미는 걸까요. 그러고는 오늘 그것을 챙겨 먹었는지 내게 확인했습니다.

어제는?

그제는?

"도대체 언제부터 먹지 않은 거야?"

그러나 그걸 복용한 기억이 내게는 전혀 없었습니다. 오히려 그것은 분명 그이의 것이었어요. 그이가 먹어야 할 그이의 몫이었거든요.

"우선, 이것부터 좀 먹어. 왜 이렇게 말을 안 들어."

나는 그이가 내민 손을 뿌리치며 소리쳤습니다.

"그런데 왜 거기 사람들은 아무도 당신을 모르지?"

사기로 된 물컵이 바닥에 떨어지며 여러 조각으로 깨져버렸습니다. 그 사이 어딘가에 알약으로 된 그 영양제가 섞여 있을 텐데, 한눈에 당장 찾을 수는 없었습니다. 그리고 나는 다시는 수습할 수 없을 문제들을 향해 기어코 내달리기 시작했습니다.

"당신 이름을 전혀 모르던데? 전혀 들어본 적도 없다던데?"

"제발 그만 좀 해."

바닥에 주저앉아 떨어진 것을 정리하는 그이의 목소리가 떨리고 있었습니다. 나로서는 한 번도 본 적 없는 낯선 모습이었어요. 작지만 그러나 아주 분명한 발음으로 그이가 다시 말했습니다.

"당신은 지금 아파. 아픈 사람이야. 치료가 필요해. 나도 좀 생각해 달라고. 자꾸 이러면, 나도 어쩔 수 없이 너무 지친단 말이야."

그러고는 몸을 벌떡 일으키더니 서재로 들어가버렸습니다. 얼마 있지 않아 다시 돌아온 그이의 손에는 무거운 책 한 권이 들려 있었습니다. 내게는 그것이 무척 위협적으로 느껴졌습니다. 도드라진 모서리에 먼저 눈이 갔습니다. 무거운 양장본으로 된 그것을 내게 던질지도 모른다는 생각에 나는 덜컥 겁이 났습니다. 그보다는 그이가 지금 무슨 말을 하고 있는 것인지, 나는 전혀 이해할 수 없었습니다. 그러면 내가 알고 있는 이 모든 것은 다 뭐란 말이에요? 아니, 그보다는요, 지금 내 눈앞에 서 있는 이 사람은 도대체 누구일까요? 누군지도 모르는 이 사람이 나를 위험에 빠뜨릴 것만 같았어요.

"당신이 무얼 기억하든 그런 사람은 없어. 연구실 같은 건 없어. 당신이 기억하는 그런 사람은 세상에 없다고. 그냥 그것 모두 다 이 소설일 뿐이잖아. 내가 아니라, 그냥 당신이 그렇다고 믿는 이야기들일 뿐이라고."

6

*

　종종 나는 내가 있지도 않은 곳에서 발견되었
다. 나로서는 전혀 기억나지 않는 일이지만 거기
에 분명 나도 함께 있었다고 주장하는 친구들이
있는가 하면, 내가 보기에도 정말 나를 닮은 사진
이 포털사이트에서 검색되기도 했다. 또 언젠가
한번은 낯선 누군가가 나를 빤히 쳐다본 일도 있
었다. 지하철역 가까운 곳이라 오고 가는 사람들
이 많았는데 무언가 부탁이라도 하려나, 길을 묻
거나 담뱃불을 빌리거나 하겠지 싶어서 함께 마

주 보며 기다려주었다. 그러나 상대 쪽에서는 긴 가민가한 표정만 지을 뿐 선뜻 말을 붙이지 못하다가 결국 어색하게 멀어져버렸다. 그때마다 나는 이런 생각이 들었다. 어딘가에는 정말 나와 똑같이 생긴 또 다른 내가 살고 있는 게 아닐까. 생각해보면, 나를 보았다는 사람들도 내가 전혀 없을 것 같은 장소를 언급한 일은 없었다. 서점이나 편의점, 횡단보도를 건너다가 나를 마주쳤다고도 하고, 대형 마트에서 물건을 고르거나, 매대에 식자재를 쌓아놓고 판매 중이라고도 했다. 그들 중 한 사람쯤은 어딘가에서 진짜 나인 척 행세하고 있던 건 아닐까? 그가 본래의 나보다 더 친절하거나 괴팍하거나, 진짜 나라면 할 수 없는 일들을 하고 다닌 건 아니었을까? 또 한편으로는 나 역시 다른 어떤 사람으로 오해받았을지도 모를 일이다. 그때의 나는 또 어떻게 보였을까?

소설을 쓰는 일도 이와 크게 다르지 않아서 내 소설 속에 등장하는 인물들은 쓰는 나와 어딘가 닮은 데가 많았다. 그럼에도 결국 나와는 다른 타인이었다. 나는 내가 가보지 못한 어떤 곳으로 그들을 보내기도 하고, 위험에 빠뜨리기도 했다. 그리고 그들이 다음에는 무슨 행동을 할지, 무엇을 바라는지 등을 오래 추론하고 고민해보았다. 그들을 이해해보고 그들의 입장에서 생각해보았다. 그럼에도 그것도 다 소설이지 않나. 픽션, 허구, 거짓말이라고, 그거 어차피 다 지어낸 거라고.

그러나 이번엔 좀 경우가 다르다고 나는 생각했다.

'내 남편을 찾습니다.'

인터넷 커뮤니티 게시판에 올라온 글을 나는 여러 차례 거듭해서 읽었다. 그러니까 그 무더웠던 여름날, 다 식어 빠진 육개장을 사이에 두고 나와 마주 앉았던 그 여자……. 이야기가 모두 끝나고, 더 오가는 말도 없는데도 우리 중 누구도 먼저 일어서지 못했다. 다만 이후로도 제법 오랜 시간이 흘렀고, 영업시간이 끝났다는 말을 들었을 때에는 어쩔 수 없었는데, 그런 뒤에도 여자는 내 뒷모습을 계속 지켜보았다. 돌아볼 때마다 여전히 같은 자세로 나를 바라보는 중이었으므로,

일부러 빠르게 걷거나 다른 길로 돌아가지 않고 되도록 오래 나는 내 등을 보여주었다.

그러니까
그것으로
내가 무얼 했겠나.

나는 그 여자의 말이 좀처럼 잊히지 않았다. 무엇보다 집에 도착하자마자 나는 이야기의 중간쯤부터 몰래 녹음해둔 것을 여러 번 재생해 듣기를 반복했다.

"경찰서에서 연락을 받고 급히 병원으로 갔어요. 그런데요, 안치소에 누워 있는 그이의 얼굴이 무척 낯설더라고요."

여자가 말하면, 나는 그것을 서둘러 워드 프로세서에 옮겨 적으면서 그것으로 다음에 쓸 소설을 구상하기 시작했던 것이다.

"아니요, 그런 말이 아니에요. 그건 진짜 내 남편이 아니었어요. 맹세코 처음 보는 낯선 사람의 얼굴이었다고요. 더구나 그이가 발견된 곳도 어딘가 이상했어요. 전혀 연고도 없는 곳이었습니다. 무엇보다도 사건을 담당한 경찰은 왜 내 남편에 대해서 내가 알고 있는 것과 전혀 다른 이야기를 하는 것인지 나는 전혀 이해할 수 없었습니다. 내 남편은요, 제약회사에서 연구원으로 오래 일했습니다. 그런데 어째서 아무도 그이를 모른다는 걸까요? 아니요, 서류상의 내용들은 모두 내 남편이 분명했어요. 생년월일과 출생지, 내가 알고 있던 시댁 식구들의 이름마저 같았으니까요. 다만, 그이의 부모님은 두 분 다 일찍 돌아가셨는데, 뭐? 버젓이 살아 있다고요? 강원도 어디요? 나로서는 전혀 들어보지 못한 지명이었습니다. 더구나 신용불량이라니요, 그이가 대체 왜 노숙을 해요?

그게 누구였든 그건 내가 알고 있던 내 남편이 아니었어요.

그러면, 그 사람은 누구였을까요? 나와 함께 밥을 먹고 잠자리에 들고, 미래를 계획하던 그이는 지금 어디 있는 걸까요? 경찰은 계획적인 지능범의 소행이라고 하더군요. 그렇지 않고서는

사진 한 장, 지문 한 점 남기지 않을 리 없다고 했
습니다. 더구나 내가 모르게 내 앞으로 들어놓은
보험이 제법 된다고도 하더군요. 배우자의 동의
만으로 강제 입원시킬 수 있는 병원들이 적지 않
다고도 했어요. 그것으로 그간에 내게 했던 남편
의 행동들을 납득시키려 했어요.

나는 서둘러 휴대폰에 저장해둔 사진들을 뒤
져보았습니다. 우리가 함께 여행을 가고 외식을
하고, 간혹 아무 이유도 없이 찍었을 그런 사진
들 말이에요. 그러나 누군가 일부러 지워버린 것
처럼 그이의 얼굴이 나온 사진은 단 한 장도 남아
있지 않았습니다. 다행히 그이가 좋아하던 사진
은 찾을 수 있었어요.

이 사진을 좀 보시겠어요?

이게 어떻게 보이나요?

그 사람은요, 하는 말마다 온통 다 거짓말뿐이
었어요.

여기 어디에 정말 고래가 있긴 있는 건가요?

그럼에도 이 사진을 좋아했다는 것만큼은 나는
의심할 수 없었습니다. 그때마다 매번 우리가 누

구인지, 얼마나 특별한 관계인지 내게 확인해주었거든요. 그걸 어떻게 꾸며낼 수 있나요? 그러니까 그것만큼은 진짜일지도 몰라요. 어쩌면 정말 그날 거기에 무언가가 있었고 다만 내가 보지 못한 것뿐일 수도 있어요. 진짜 그런 걸까요? 그 대답만큼은 듣고 싶은데, 그 사람을 나는 다시 만날 수 없었습니다.

부탁이 있어요. 선생님의 사진을 좀 찍어도 될까요? 선생님은요, 그 사람을 몹시 닮았습니다."

그게 불과 몇 달 전의 일이었다. 이제 와서 나는 다시 녹음된 그 여자의 목소리를 인터넷 게시판에 올라온 것과 비교하며 듣고 또 들었다. 그러나 그것은 내가 들었던 것과 어딘가 비슷한 듯 많이 달랐는데, 오히려 그 사이 출간된 내 소설과 더 흡사했다. 양장본으로 제작된 내 책의 첫 페이지를 펼쳐 나는 여러 번 곱씹어 읽었다.

단순한 건망증이라고 생각했어요. 업무적인 특성상 스트레스가 많이 쌓인 탓일 수도 있었습니다. 그이가 다루는 성분들의 종류를 듣는 것만으로도 나는 벌써 기겁할 정도였으니까요. 그런데도 그런 것 중 어느 것을 조합하고 조절하느냐에 따라 임상 결과는 전혀 달라진다고 하더군요.

물론, 그것이 애당초 그 여자의 말을 토대로 쓰인 것만은 틀림없었다. 그러나 소설이란 게 뭐, 본래 그런 거 아닌가. 현실을 재현하고 재구성하며, 나름의 해석과 개연성을 덧붙이는 일. 누가 보더라도 사기 결혼의 피해자를 어떻게 소설 속에 그대로 옮겨 놓을 수 있겠는가. 더욱이 소설가란 주변 사람들의 이야기를 쓰는 동시에, 누구보다 자기 자신에 대한 이야기를 하려는 사람이지 않나. 나는 여자가 들려준 이야기로부터 이것저것 살을 붙여나갔다. 그리고 거기에는 우리의 이야기, 나와 미양의 이야기도 많이 들어가 있었다. 그런데도 어째서 그 여자는 내 소설의 문장들이 모두 다 자기의 것인 양 구는 것일까. 왜 내 허락도 받지 않고 마음대로 내 문장과 사진을 아무데나 도용하는 것인가.

더구나 이후로 미양은 게시글에 적힌 남자와 나의 유사성을 종종 발견하고는 했다. 예를 들어, 함께 식사를 하던 중에 소스라치게 놀란 적도 있었다. 그러고는 내가 쥔 숟가락을 가리키며 언제부터 그런 버릇이 있었느냐고, 원래부터 그랬던 거냐고 떨리는 목소리를 애써 감추며 물었다. 또 어느 날은 새벽쯤에 미양이 보이지 않았는데, 언제 나갔는지 거실 소파에 앉은 채 잠들어 있었다. 그리고 그런 미양을 나는 굳이 깨우려 하지 않았다. 대신 미양이 손에 쥐고 있던 영양제 병을 조심스럽게 빼내어 들었다. 조명을 켜지 않아 주변은 몹시 어두웠다. 그러나 거기에 뭐라 적혀 있는지 만큼은 분명히 알 수 있었다. EPA와 DHA, 혈중 중성지질 개선, 혈행 개선, 기억력 개선, 안구건조증 개선, 면역력 증진과 피로 개선, 혈소판 응집 억제, 하루 1회 2캡슐……. 그 게시글에 적힌 것과 조금도 다르지 않았다.

당연하지,

그것 모두 내가 쓴 문장들이었으니까.

무엇보다 자기 남편이라고 올린 저 사진은 의

심할 수 없이 분명 나였다. 그리고 거기에 달린 댓글들도 빼놓지 않고 모조리 읽기 시작했다. 누군가는 벌써 사진 속의 인물을 특정하고 있었다.

"아, 이 사람 누군지 알 것 같아요. 저희 가게에 자주 오던 그 사람 같아요. 꼭 잡으셨으면 좋겠어요."

내가 자주 가는 중고서점의 주소가 함께 적혀 있었다.

아마 미양에게도 그 사진은 비슷하게 보였을 것이다. 그럼에도 별다른 말을 하지 않았는데, 그 것이 나를 더 불안하게 만들었다. 도대체 미양은 무슨 생각을 하고 있는 걸까. 왜 내게 그걸 말하지 못하는 걸까. 대신 양산에서 전화를 한 통 받긴 했었다. 내가 겪고 있는 난감한 처지에 대해 이야기한 것은 아니었다. 다만, 우리 사이에 무슨 일이 있는 거냐고, 미양이 먼저 전화를 걸어서는 물어도 이유를 말하지 않고 울기만 하더라고 했다. 무엇보다도 그게 그 여자에게 연락한 가장 큰 이유였다.

'이 사람을 보시면 가까운 경찰서나 아래 번호

로 꼭 연락해주세요.'

게시글 마지막 문장에 적힌 번호로 나는 전화를 걸었다.

그리고 이 문제에 대해 화를 내거나 협박을 하거나, 당장의 조치와 보상을 요구할 생각이었다. 필요하다면 고소를 하고 변호사도 선임하고, 저작권이든 초상권이든 할 수 있는 모든 법적인 조치를 취하겠다고 으박을 지를 생각이었다. 그러나 전화를 받은 여자의 담담한 목소리는 나를 어딘가 얌전하게 만들었다.

"연락을 주시길 기다리고 있었습니다. 이미 선생님께서 쓰신 책도 읽어봤고요."

어느 순간 나는 의도치 않게 그 여자에게 애원을 하고 있었다. 내가 처한 곤란한 상황을 구구절절 늘어놓은 뒤, 허락도 없이 당신의 이야기를 소설로 써서 미안하다고, 내 아내가 나를 무서워하고 있다고, 당신의 해명이 꼭 필요하다고, 그래만 준다면 저작권은 깔끔히 포기하겠다고, 어차피 그거 인세도 얼마 안 되지만, 원하시면 그거라도 드릴게요, 그러니 제발…….

여자가 불러주는 주소를 나는 서둘러 받아 적
었다.

*

버스를 한 번, 지하철을 두 번 갈아타고 도착한
곳은 경기도 외곽의 낡은 아파트였는데, 복도식
구조라 한 층에 거주하는 세대가 많았다. 그중 어
느 곳의 문이 열리지나 않을까, 나는 주변을 내내
경계했다. 누군가 나를 알아볼 것이 염려되었기
때문이었다. 그러나 정작 약속한 호수 앞에 도착
했을 땐, 초인종을 누르지도 못하고 망설였다. 뭐
라도 사 왔어야 하지 않을까. 빈손으로 남의 집을
방문하는 게 경우에 어긋난 것도 같고, 아쉬운 소
리를 하러 온 입장에서 보자면 그게 더더욱 그런
것 같았다. 지금이라도 서둘러 과일가게에 다시
다녀와야 하나 고민하는 사이, 현관문이 빼꼼 열
렸다. 그 여자였다. 그때 한 번 보고 오랜만에 다
시 보는 얼굴이라 내심 확실치는 않았으나, 그 여
자만큼은 나를 확실히 알아보는 것 같았다. 그럼

에도 예상과는 다른 태도에 나는 당혹스러웠다. 몹시 기다리고 있었다는 듯이 내 팔을 문 안쪽으로 세게 끌어당겼다.

"왜 이렇게 늦은 거야?"

그 말에 나는 하마터면 사과를 할 뻔했다. 버스가 막혔다고, 지하철 환승역에서 반대편 노선으로 잘못 타는 바람에 예상보다 늦어졌다고. 그러나 여자는 내 변명을 기다려주지 않았다.

"혼자서 미쳐버리는 줄 알았다고."

더구나 눈에 띄게 몸을 떨고 있어서, 무슨 일이라도 있는 걸까, 얼굴은 또 왜 이러는 걸까, 이 명은 다 뭐야.

"저기, 괜찮아요?"

내가 채 묻기도 전에 바닥에 주저앉아버렸다. 일단 진정을 시킬 필요가 있었다. 어깨를 감싸 부축한 다음, 거실 소파에 여자를 앉혔다. 정수기에서 차가운 물을 따라 건네자 여자는 단숨에 들이켰다. 그사이, 나는 사람을 이렇게 불안정하게 만드는 극단적인 경우를 하나씩 떠올려보았다. 무례한 것은 둘째치고, 사람을 이렇게 무너지게 만들 만한 일이라면 어느 정도 마음의 준비를 해두 어야만 할 것 같았다.

"무슨 일인지 천천히 설명을 좀 해보세요."

되도록 차분한 목소리로 내가 물었다. 그러나 돌아오는 반응은 예상치 못할 정도로 신경질적이 었다.

"무슨 일이냐고?"

여자는 욕실 쪽을 가리키며 고함을 질렀다.

"이제 와서 왜 딴소리야? 나 혼자 다 뒤집어쓰 라는 거야, 뭐야? 일이 이렇게 된 게 다 누구 때문 인데?"

아무리 봐도 제정신이 아닌 것 같았다. 도대체 저 안에 뭐가 있다는 건가. 내가 뭘 했다고? 닫힌 욕실 문을 향해 내가 다가서려 하자 여자는 다시 미친 듯이 소리쳤다.

"그냥 가만 좀 놔둬. 뭘 어떻게 할지 생각부터 하고 움직이자고."

그러나 이미 안쪽에서 잠긴 듯 욕실 문은 열 리지 않았다. 돌아본 여자는 여전히 초조한 기색 이 역력했다. 이 안에 뭐가 있다는 걸까. 이런 상

황에서라면 경찰이든 구급차든 뭐라도 불러야 할
것 같았다. 뭔지 모르지만 욕실에서 벌어진 나쁜
일을 수습해줄 다른 누군가가 필요해 보였다.

"휴대폰은?"

그녀가 물었다.

"찾았어? 어디 있어?"

나는 그런 그녀를 빤히 쳐다볼 수밖에 없었다.
이 여자가 좀 전에 나와 통화한 그 여자가 맞기는
한 걸까?

"못 찾았어? 주차장, 거기 트럭 아래 떨어뜨린
거 같다니까. 아니, 문자메시지 확인 안 한 거야?"

되는대로 아무렇게나 나는 고개를 끄덕였다.
이상한 소리를 해대는 여자를 우선 달래고 보자
는 생각에서였다. 그러나 여자의 행동은 조금도
나아지지 않았다. 무작정 바깥으로 뛰쳐나가려는
걸 말리느라 애를 먹어야 했다. 이런 상태에서 함
부로 내보냈다가는 정말 더 큰일이 생길지도 몰
랐기 때문이었다. 오히려, 누군가 이곳을 나가야
한다면 그건 내가 되어야 할 것 같았다.

"누가 먼저 줍기라도 하면 어떡해. 나중에 증거

가 될 수도 있어."

여자는 자꾸 이상한 소리만 했다. 그나마 알아들을 수 있는 단어들로 대강의 정황을 유추해보자면 이랬다. 주차장에서 여자는 휴대폰을 잃어버렸고, 지금 당장 그걸 찾아와야 할 급한 이유가 있으며, 그게 뭔지는 몰라도 아마 욕실에 있는 저것 때문일 확률이 컸다. 돌아가는 상황이 점점 심각해지는 것을 나는 깨달았다.

증거라니? 그런 단어는 뉴스나 법정 드라마 같은 데서나 들을 수 있는 용어 아닌가. 정말 무슨 큰 범죄와 연루된 기분이었다. 그러니까 지금 이 사람이 증거가 될 만한 물품을 고의적으로 인멸하겠다는 건가? 다시 욕실 쪽을 바라보았다. 운전 중 부주의로 개라도 치었다는 소릴까. 바퀴에 깔린 그 사체를 지금 이 집 욕조에 던져놨다…… 이 말인가.

아무렇게나 신발을 구겨 신은 여자는 벌써 현관문을 열어젖히고 있었다. 엉겁결에 따라나서려는 나를 대뜸 막아섰다.

"여보, 당신은 여기 있어. 누가 들어와서 저길

열어보기라도 하면 어떡해. 한 사람은 여기에서 지키고 있어야 하잖아."

그러고는 엘리베이터도 기다리지 않고 아파트 계단을 따라 서둘러 내려가버렸다. 나는 멍한 표정으로 잠깐 현관문 앞에 서 있었다. 발소리가 요란하게 들리다가 차츰 멀어졌다. 방금 저 여자는 무슨 소리를 한 걸까. 도대체 무슨 짓을 하고 다니기에 자기가 어떤 말을 했는지도 모르나. 불쑥 화가 치밀어 올랐다. 나도 모르게 신발장을 주먹으로 세게 쳤다. 신발장이 아니라 다른 누가 거기서 있었더라면 그보다 더 세게 후려쳤을지도 몰랐다.

여보?

지금 나를 그렇게 부른 거야?

*

주차장에 가보겠다던 여자는 좀처럼 돌아오지 않았다. 전화를 걸어도 여전히 받지 않았다. 아직 찾지 못한 걸까? 욕실의 문은 여전히 굳게 닫혀 있었고 열쇠는 어디에 있는지 좀처럼 찾을 수 없었다. 그리고 어느 순간 이 집 안의 풍경들이 눈에 들어오기 시작했다. 그것은 나로서는 어색해할 게 전혀 없는 구조였다. 미양과 내가 살고 있는 아파트를 몹시 닮아 있었기 때문이었다. 나는 놀란 마음을 추스르기 위해 되도록 합리적이고, 과학적이며 나름의 근거를 따져 이 상황을 받아들이기 위해 노력했다.

그래. 공공 임대 아파트가 다 그렇지 뭐…….

그러고는 소파에 앉아 텔레비전 쪽을 바라보았다. 아주 익숙한 거리에 그것이 놓여 있었다. 오른쪽으로 고개를 돌리면 주방과 식탁이 보였다. 나는 거실의 수납장을 열어보기도 했는데, 수건들이 하나같이 미양의 습관대로 세로로 한 번, 가로로 두 번 접힌 모양이었다.

아무도 없는 익숙한 거실을 가만 바라보고 있자니, 나는 무엇도 쓰여 있지 않은 빈 문서를 마주한 것처럼 외로워졌다. 홀로 깜빡이는 커서가 마치 나인 것처럼 마음 깊은 곳까지 쓸쓸해졌다.

그 순간 전화가 울렸다. 양산이었다. 나는 선

배 내외에게 내 사정을 토로하며 도움을 구하고 싶었다. 그럼에도 이 상황을 어떻게 설명해야 좋을지 좀처럼 가늠이 되지 않았다. 뭘? 어떻게? 저 안에 지금 뭐가 있는지도 모르는데.

"너 지금 어디야?"

그러나 내가 무얼 요청하기도 전에, 다짜고짜 따져대기만 하는 선배가 나를 더 혼란스럽게 만들었다.

"이게 다 무슨 소리야? 방금 미양이한테서 전화가 왔는데, 네가 지금 어딜 들어갔다는데? 증거를 잡았다는 게 무슨 소리냐고? 어?"

나는 아무 대답도 하지 않고 전화를 끊어버렸다. 대신 닫힌 욕실 문에 귀를 대보았다. 아무 소리도 들리지 않았다.

이 안에 뭐가 있다는 걸까.

혹시…… 죽은 걸까.

아니면…… 정말 죽인 걸까.

누가? 그 여자가?

그렇다면…… 대체 누구를?

나를 아는 사람들은 자주 내가 없는 곳에서 나를 발견하고는 했다. 그러니까 내가 아닌 그 누군가가 혹시 지금 저기 안에 있는 것은 아닐까. 나는 내게 일어날 수 있는 가장 최악의 경우를 상상했다. 처음부터 의도적이고 계획적인 접근이었을 것이다. 어쩌면 그 여자의 실수였을 수도 있다.

여자는 내게 교통사고로 남편을 잃었다고 했지만, 그러나 처음부터 그런 사고는 없었던 게 아닐까. 사기 결혼 같은 것은 애당초 없었고, 다만 부부 사기단 뭐 이런 거 아니었을까. 나를 닮은 누군가가 내 삶을 통째로 빼앗아 가려고 꾸민 짓일지도 몰랐다. 나를 함정에 빠뜨리고 곤경에 처하게 만든 다음, 내 책을 읽고 나를 배우면서 나로 살아가려고 했던 게 아닐까. 그런데도 그 여자는 저기 욕실 안에 있는 남자를 진짜 나라고 오해했던 것일지도 모른다. 그러니까 이 문 뒤에 나를 대신해 희생당한 그 누군가가 있다는 것인가.

그런 생각을 하고 있자니 나도 모르게 주먹이 쥐어졌다. 그리고 그것으로 욕실 문을 세게 두드리기 시작했다. 거기 있는 그 무엇이 아직 살아 있다면, 인기척이라도 듣고 싶었다. 그보다 할 수만 있다면, 당장이라도 이 문을 부수고 문 뒤에 숨은 그것이 도대체 무엇인지 내 눈으로 확인하고 싶었다.

그러나 고작 아까시나무풍의 필름을 붙여 목재인 듯 보이지만 실상 강화 플라스틱인 욕실 문은 견고했다. 아무리 두드려도 망가지는 데 없이 때리는 손만 아팠다. 그게 참을 수 없이 서러웠다. 아파서가 아니라, 아무것도 할 수 없는 무능한 내 자신이 견딜 수 없어서 나는 붉어진 주먹을 끌어안고 울기 시작했다. 무엇 하나 지킬 수 없을 정도로 작고 아담한 주먹이었다. 그것조차 나를 더 비참하게 만들었다. 그리고 욕실 안쪽에서 작게 신음 소리 비슷한 것이 들렸다.

"거기 누구예요? 정말 거기 누가 있기는 한 겁니까?"

나는 다시 멈추지 않고 문을 두드렸다. 그러나 한참을 불러도 상대 쪽에서는 아무런 대답이 없었다. 나는 주변에 무겁고 단단한 것이 없는지 둘러보았다. 그러나 마땅한 것은 좀처럼 찾을 수 없고 아무 곳에나 널브러져 있는 양장본 한 권이 보일 뿐이었다. 내게는 아주 익숙한 표지였다. 꼼꼼히 확인하지 않아도 그 저자가 누구인지, 누구의 이름이 거기 적혀 있는지 알 수 있었다. 나는 그것을 손에 움켜쥐고 욕실의 문고리를 내리쳤다. 다시 무슨 소리가 들리나 싶어서 하던 동작을 멈추고 잠깐 귀를 기울였다. 분명 신음 소리였다. 좀 전보다 더 크고 선명하게 들려왔다.

그런데 문을 열었을 때, 이곳에 진짜 누군가 있다면 나는 어떡해야 하는 거지. 그가 다름 아닌 내 얼굴을 닮은 그 여자의 남편이라면, 더구나 그가 아직 살아 있다면, 나는 무엇을 어떻게 선택해야 되는 것일까.

미양이 몹시 보고 싶었다.

초인종이 울린 것은 그때였다. 미양일지도 모른다고 생각했으나 뭐가 묻은 건지 도어 카메라와 연결된 화면은 뚜렷하지 않았다. 나는 그 여자가 떠날 때까지 숨죽여 기다렸다. 그러나 쉽게 물러서지 않았다. 나중에는 세게 현관문을 두드리기 시작했다. 무어라 외치는 소리도 들렸다.

"다 봤어. 내가 다 봤다고."

나는 조심스럽게 문 가까이에 대고 말했다.

"누구세요?"

"어서 문 안 열어?"

그것은 분명 미양의 목소리처럼 들리긴 했으나 아주 확신할 순 없었다. 대신 나는 주방에서 손에 쥘 만한 무언가를 찾기 시작했다. 되도록 무겁고 날카로운 것을 골랐다. 그리고 다시 욕실 문 쪽으로 향했다. 문틈에 그것을 비집어 넣으며, 저 여자가 순순히 돌아가주기를 간절히 바랐다. 그러나 만약 기어코 저 문을 열고 들어온다면, 그게 진짜 미양이라면, 나는 아주 먼 이야기를 시작할 것이다. 전에 없이 진지한 목소리로.

"실은, 당신이 모르는 비밀이 있어."

등 뒤에 무얼 숨기고 있는지 미양은 절대 알 수 없을 것이다. 나를 마주 보고 서 있을 그 사람이 진짜 내 아내가 맞다면, 내가 무엇을 말하든 믿어주지 않을 것이다. 누구보다 미양은 나를 잘 아는 사람이었으니까. 내가 그런 일을 저지를 사람이 아니라는 걸 가장 잘 알고 있을 테니까.

그 이야기가 나를 닮았다

박인성

허구라는 도플갱어

미겔 데 우나무노의 『안개』(민음사, 2005)의 주인공 아우구스토는 소설 속 인물로서의 자신의 운명을 스스로 선택하기 위하여 작가 우나무노를 직접 찾아가 대화를 나눈다. 서사학에서 흔히 메탈렙시스metalepsis라고 부르는 이러한 서사 전략은 오늘날에는 그다지 특수한 것도 아니다. 보통은 『안개』와는 반대로 데우스 엑스 마키나deus ex machina처럼 서사 바깥에서 서사 안쪽으로 개입하는 사례들이 우리에게 더 익숙할 따름이다. 그러나 이야기 안쪽과 바깥쪽이 어느 쪽으로든 침투할 수 있다는 발상에 있어서, 명징한 '이야기 바깥'이란 실상 존재하지 않는다는 인식이야말로 소설가 임현에게 있어 중요해 보인다. 내가 만든 허구적 이야기가 소설가인 나에게까지 영향을 미친다는 점에서 『당신과 다른 나』의 결말부는 어쩌면 『안개』의 메탈렙시스와 비슷해 보이기도 한다. 하지만 더 정확하게 말하자면, 『당신과 다른 나』에서 이야기 안쪽과 이야기 바깥의 경계는 분명하지 않으며, 안과 밖을 모르게 뒤섞이는 이야기란 소설가인 주인공이야말로 자기 삶에 대하여 방어적인 경계선을 그을 수 없는 존재라는 사실만을 알려준다.

이전 소설들에서도 그래왔듯이 임현은 이야기를 전달하고 있는 서술적 의식의 불명확함, 그리고 아이러니한 이야기 톤에 천착하는 작가다. 하지만 그러한 불명확함과 아이러니는 해석적 애매성ambiguity과는 본질적으로 다른 기능을 한다. 임현은 그저 텍스트의 의미를 열어두고 독자에게 의미를 떠넘기기 위하여 서술을 복잡하게 만드는 작가가 아니다. 언뜻 『당신과 다른 나』는 임현의 소설집 『그 개와 같은 말』(현대문학, 2017)에 수록된 여러 단편에서 등장하는 소재들의 총집결처럼 보이기도 한다. 나와 구별할 수 없이 닮은 사람(「외」), 삶과 이야기의 뒤섞임(「엿보는 손」), 상실과 결핍에 대한 허구적 복원(「가능한 세계」) 등 소재적인 차원에서 기시감이 강하다. 그러나 『당신과 다른 나』는 그동안 단편의 틀에서는 정확하게 시도될 수 없었던 주제적 명확성을 더욱 확보함으로써, 불확실한 삶과 허구의 경계를 탐문하는 것처럼 보인다.

임현의 소설에서 허구의 역할이란 처음에는 필요해서 활용되지만 어느샌가 통제할 수 없어 삶 자체를 변화시키는 것이다. 『당신과 다른 나』는 그런 의미에서 서로 불가피하게 뒤얽히는 두 개의 서술적 의식 사이에서 점점 더 삶과 허구의 경계가 옅어지는 과정을 보여준다. 당연히 둘의 서술적 의식 가운데 어느 쪽도 신빙성의 우위를 확보하지 못한다. 이 소설은 두 명의 서술자에 의한 교차 서술로 이루어지며, 언뜻 그 구도는 대칭적인 것처럼 보인다. 그러나 실제로는 대칭적이지 않을뿐더러, 교묘하게 뒤얽혀 있다. 일차적으로 독자는 자신의 남편에 대하여 의심하며 서술하는 '여성-나'의 서술에 독자 또한 다소간 의문을 표하게 된다. 하지만 그 여성에 대하여 감정적 판단을 내리는 '남성 소설가-나'의 서술은 얼마나 신뢰할 수 있는지를 떠올린다면 곧바로 막막해질 것이다.

중요한 것은 소설을 읽으면서 독자가 감정 이입을 하게 되는 두 개의 서술적 의식 어느 한쪽을 그저 믿을 수 없다고, 혹은 미쳤다고 말하기 어렵다는 사실이다. 일반적으로 소설의 독자는 누군가의 눈을 빌려 보거나 누군가의 마음을 들여다보는 특권을 가진다. 그런데도 독자가 지켜보고 있는 인물의 서술이 불확실해질 경우 그 신뢰성을 객관적으로 판단하는 것이 가능할까? 『당신과 다른 나』에 두 명의 서술자가 등장할 경우, 어느 한쪽이 신뢰를 상실하면 나머지 한쪽의 신뢰는 커질까? 너무나도 당연한 사실이지만 누군가를 믿을 수 없게 된다고 그에 대한 나의 의견이 더 신뢰를 얻는 것은 아니다. 오히려 신뢰할 수 없는 서술자에 접촉해 있는 한에서 독자는 자신이 읽고 있는 서술에 이미 오염되어 있으며, 자신이 충분히 신뢰 가능한 만큼 객관적인지도 결정하기 어렵다. 역설적이지만 성실한 독자일수록, 이야기에 몰입할수록, 자신이 읽는 이야기 외부의 객관적인 시점을 취할 수 없기 때문이다. 그렇다면 마치 이 이야기는 허구와 삶을 구분하는 진정한 메타-서사는 없다는 사실을 강조하는 것 같다. 삶과 허구 사이에서 어느 한쪽의 일방적인 개입이란 불가능하다. 삶이 허구를 도구로 활용한다면, 이미 허구 역시 삶을 조작하고 있는 셈이다. 사실상 경계를 모르고 서로 뒤얽힌 삶-허구의 매듭들이 우리 눈앞에 있을 뿐이다.

그렇다면 소설가는 자신이 그려낸 허구 속 인물에 대하여 허구성과 삶의 경계를 엄밀히 구분할 수 있는가. 우선 이 소설의 또 다른 서술자인 '소설가-나'는 그렇게 믿는다. "소설을 쓰는 일도 이와 크게 다르지 않아서 내 소설 속에 등장하는 인물들은 쓰는 나와 어딘가 닮은 데가 많았다. 그

럼에도 결국 나와는 다른 타인이었다."(111쪽) 그
러나 '여성-나' 서술자의 이야기를 읽어나가다
보면 이러한 믿음조차 온전하지 않다는 것이 분
명해진다. 물론 그녀의 남편이 보았다고 주장하
는 고래의 존재처럼, 허구는 믿음의 영역에서 삶
의 결핍을 그럴듯하게 보완한다. "실제로 거기에
무엇이 있었든 하나도 중요한 게 아니었습니다.
다만, 당시에는 우리가 그렇게 믿기로 했다는 거
예요. 그럼에도 그것이 우리에게 어떤 의미가 되
었던 것만은 틀림이 없었습니다."(70쪽) 존재하
지도 않는 고래가 두 사람을 결혼하게 하는 상징
적인 연결고리가 되어주었다면, 남편이 잃어버렸
다고 말하는 강아지는 어떤가? 처음부터 존재하
지도 않았던 강아지는 정반대로 이제 그들의 삶
이 더 이상 예전처럼 명료하게 실증될 수 없음을,
더 나아가 이미 허구와 삶을 명료하게 구분할 수
없을 만큼 복잡하게 얽혀 있음을 보여줄 뿐이다.

　일차적으로 삶을 설명하기 위하여 끌어당긴 허
구가 내 삶에 있어 확신할 수 없는 진정성을 대신
하여 관계를 매개한다. 그러나 결과적으로 그 모

든 것이 총체적인 오해이자 오인이라는 점이 중요하다. 물론 삶의 진정성이 허구에서 출현한다는 발상 자체는 임현만의 독창적인 주장도 아니며, 이 소설의 진정한 주제도 아니다. 이 소설은 그런 인식에서 끝나는 소설이 아니라, 비로소 시작하는 소설이기 때문이다. 『당신과 다른 나』는 삶을 매개하는 허구와 삶 자체가 더 이상 구별하기 어렵게 근접할 때, 마치 도플갱어처럼 나의 실존과 분리되어 유령처럼 움직이는 또 다른 나를 연출한다. 인식론적인 차원만이 아니라, 존재론적인 차원에서도 그렇다. 이 도플갱어는 내가 만든 허구적 존재로서 인식론적으로도 나와 연결된 존재지만, 더 엄밀한 의미에서 이미 허구가 삶에 개입하는 방식으로 나 자신의 실존적인 소외이기도 하다. 마치 이 소설의 두 서술적 의식이 소설이라는 형식적 틀 속에서 결코 손쉽게 분리될 수 없는 것처럼 말이다.

막다른 길에서 다른 막다른 길로

자기가 누구인지 설명하기 위해 만들어낸 삶에 대한 보충설명으로서의 허구들, 남들에게 늘어놓는 온갖 말들이 도플갱어처럼, 나와 비슷하지만 다른 나로서 세상을 배회하거나 내 삶에 다시 찾아온다는 발상은 여러모로 섬뜩하다. 내가 한 말들이 나를 규정한다는 인식은 손쉬운 것이지만, 정작 스스로가 내뱉는 모든 말들을 통제하며 살아가는 사람들은 극히 드물다. 그렇다면 통제할 수 없는 말들은 내 안에서 나왔으나 정작 나는 소유할 수 없는 것, 더 나아가 나의 의도와는 무관하게 나라는 존재의 외부적 인식을 결정하는 낯선 효과로 되돌아온다. 이러한 인식론적 차원에서 '소설가-나'는 수많은 말들을 남발하는 존재다. "알고 있는 것을 모르는 척하는 것이 내게는 대단히 어려운 일에 속했는데 말하자면, 하지 않아도 될 말도 나는 자주 하는 편이었다."(52-53쪽) 그렇게 '하지 않아도 될 말'들이 나의 바깥을 유령처럼 배회한다는 사실을 두려워하면서도 말이다.

그는 자신의 지나친 평범성 때문에 오히려 남들로부터 소외된다는 불안을 느낀다. "내가 너무 평범해서 도리어 사람들이 쳐다보지는 않을까, 남들하고 내가 너무 다른 건 아닐까, 걱정이 되었다."(55쪽) 물론 나라는 사람에 대하여 나 스스로 안다고 말하는 것은 온전한 주관성이다. 따라서 모든 자기 인식이란 사실 타인의 시선과 호명, 그리고 확인 과정에 의해서만 가능하다. 『오디세이아』에서 고향땅에 도착한 오디세우스가 자신의 존재를 인정받는 것은 아내 페넬로페의 사랑이나 직감이 아니라 허벅지의 상처를 기억하는 늙은 유모의 신원 확인에 의해서만 가능하다. 마찬가지로 미양이 그처럼 '소설가-나'의 신원을 단숨에 확인해줄 것이라는 믿음이 아니라면, 고립된 개인에게 허용된 '허벅지의 상처', 즉 정체성의 증거란 자신이 만들어낸 허구적 언어들밖에 없다. 그렇게 '소설가-나'는 자신의 인식론적 한계와 맞부딪치는 위기를 예민하게 의식하며 벗어나려 발버둥 친다. 그러나 그렇게 발버둥 치는 사이에 내뱉은 책임질 수 없는 언어들의 효과란 정체성의 해답이 아니라, 어디까지나 정체성에 새겨진 예리한 상처이다.

반대로 남편의 실존과 그 정체성에 대하여 의심하게 되는 아내의 경우는 어떤가. 그녀는 훨씬 더 존재론적인 차원의 고민과 씨름하게 된다. 어느 날 갑자기 남편이 내가 알고 있는 사람이 아니라 다른 사람으로 대체되었다고 느끼는 이질감과 낯섦이야말로 그녀의 삶을 총체적인 거짓으로 만든다. 문제는 수수께끼가 되어버린 하나의 정체성은 보통 다른 사람의 정체성과 분리할 수 없는 방식으로 결합되어 있다는 사실이다. 남편에 대한 총체적인 오해는 남편의 삶만이 아니라 아내의 삶 자체를 부조리하고 설명하기 어려운 것으로 뒤바꿔놓는다. 경찰이 이야기하듯 남편이 지금까지 그녀를 속여왔으며 그 모든 음모가 실재할지도 모르지만, 반대로 남편이 주장하듯 그녀에게 실제로 문제가 있으며 세상을 잘못 바라보고 있다는 사실, 즉 세상이 그녀의 인식과 무관한 존재라는 사실 또한 환기된다. 어쩌면 그 모든 낯섦이 타인의 음모가 아니라면 자신의 광기가 되는 셈이다.

이제 '소설가-나'의 인식적인 차원에서의 혼란과, '여성-나'의 존재론적인 차원에서의 부조리가 서로에 대한 요청처럼 필연적으로 만나게 된다. 두 사람의 만남이 필연적인 이유는 자기가 누구인지를 말할 수 없는 두 사람의 서로 다른 한계 상황이 세 번째 가능성으로 뻗어 나가기 때문이다. 즉, 이 모든 불가해함이 나의 인식적인 착각도 아닐뿐더러, 타인의 음모나 자신의 광기가 아니라면? 오히려 나 자신도 모르게 자기가 꾸민 음모인 동시에 스스로도 통제할 수 없는 광기라면? 불확실한 세계 내부에서 명확한 자기 인식과 정체성을 얻으려면 어찌 되었건 허구에 의지해야 하지만, 더 정확한 허구를 얻으려는 노력이야말로 정체성을 점점 더 막다른 길로 밀어붙인다. 이러한 아이러니야말로 정체성을 얻기 위한 시도 속에서 자기가 누구인지를 말하는 사람의 언어 속에 음모와 광기가 실상 구분되지 않으며 하나로 묶여 있음을 보여준다. 이제 내가 누구인지를 말하려는 자에게 있어 인식론적인 한계와 존재론적인 한계는 구분되지 않는다.

　중고서점에서 만난 그녀가 나에게 자신이 겪은 일련의 음모적 상황을 전달함으로써, 발생하는 것은 음모의 객관화가 아니라 오히려 나의 정체성과 분리될 수 없는 종류의 책임을 환기한다. "무언가를 말하지 않으면 견딜 수 없을 만큼 무거운 시간을 견디고 있었던 것 같았다. 한편으로 내심 책임감 같은 것도 들었다. 누군가 그녀의 말을 들어주어야 한다면, 그게 단 한 사람이라면, 죽은 남편을 닮은 내가 되어야 할 것 같았다."(99쪽) 그는 자신의 평범성 때문에 소외될 것을 두려워하지만, 동시에 자신과 닮아 있는 타인의 운명에서 진짜 실존적인 소외를 찾고 있는 셈이다. 즉, 이제 허구와 같은 음모가 광기의 형식으로 삶에 접착되어 간다. 그러므로 사실 그가 여자의 말을 듣고 그것을 하나의 소설로 쓰기 시작했을 때, 이미 유령 같은 말들은 다시 그의 삶에 영향을 미칠 준비를 마쳤다. 이 소설의 인물들은 한쪽 막다른 길에서 다른 쪽 막다른 길로 거침없이 향해 간다. 마치 스스로가 짜놓은 파국적 결말을 전혀 인식하지 못한 것처럼 말이다.

　일차적으로 '소설가-나'의 인식론적인 한계는 '여성-나'의 광기를 하나의 알리바이처럼 활용하려는 듯 보인다. 실제로 그는 자신의 소설을 통해서 총체적인 음모와 광기를 통해 자기 자신이 감당해야 하는 소설적 이해를 남발했다. 그러나 엄밀하게 말하자면 이 소설에는 진정한 의미의 광기는 없다. 오히려 이제 주목해야 하는 것은 자신도 모르게 자신이 누구인지에 대한 아직 확인되지 않은 막다른 길, 편의적인 알리바이를 자기 손으로 제거해 나가고 있는 자의 역설 자체다. 그렇다면 이 소설이 암시하는 개인의 정체성이란 마치 자신이 저지른 일들을 모르는 채로 스스로의 사건을 추척해 나간 오이디푸스의 운명과 닮아 있다. 사실상 '소설가-나'가 그동안 활용한 타인들의 이야기란 감당할 수 없는 부채처럼 늘어가는 자기 인식에의 한계 그 자체다. 그런 의미에서 임현의 소설이란 어쩌면 자기 정체성을 증명하는 데 실패한 자들만이 거꾸로 자기 삶의 단독성에 도달하는 과정일지도 모르겠다. 그리고 그

단독성singularity이란 실상, 어느 빠져나갈 구멍도 없이 막다른 길로 자기를 몰아붙이는 한계상황에 의해서만 출현한다.

끝에서 시작하는 소설

처음 소설을 읽다가 결말에 이르렀을 때, 나는 즉각적으로 이 소설을 처음으로 돌아가 다시 읽어야 한다는 사실을 깨달았다. 이 소설은 복잡한 결말들의 가능성을 제시하기 때문이다. 일차적으로 소설가인 '나'는 이 모든 것이 미친 여성의 망상에 불과하며, 특히 내가 쓴 소설에 영향 받아 만들어진 불가해하며 파괴적인 결과물이라고 생각할 수 있다. 하지만 다른 한편으로 '나'는 욕조 안에 죽어 있(을지도 모르)는 남성을 상상한다. 그리고 어쩌면 그게 진짜 '소설가-나'라는 기분 나쁜 예감을 받는다. 그렇다면 현재 미양과 살고 있던 '나'야말로 실제로는 여성과 함께 범죄에 참여하고 있는 당사자이며, 원래의 '소설가-나'를 죽이고 그 삶을 대신하고 있는 대체물에 지나지 않는다는 생각에 이른다. 그리고 바깥에서 문을 두드리는 미양에게 문을 열어주는 행위는 자신이 누구인지를 온전히 타인에게 의탁해야만 하는 곤경이다.

그렇다면 '끝에서 시작하는 이야기'라는 표현은 그저 보기 좋은 수사법만은 아니다. '소설가-나'가 처한 존재의 곤경은 이제 단순히 음모에 빠졌다거나, 어쩌면 자신이 미쳤다는 말로는 설명할 수 없다. 이 한계상황이야말로 그럴듯한 자기인식을 위해 늘어놓은 온갖 허구와 말들을 정당화해온 알리바이에서 벗어나 삶을 복습하게 하는 힘이 있다. 파산 직전의 카드를 돌려 막듯이 자기가 누구인지를 말하기 위하여 남발해온 온갖 언어들이 이제는 미룰 수 없는 부채 상환의 기일처럼 문밖에서 기다리고 서 있다.

이 순간 한 가지 더 강조할 사항이 있다. 물론 이 소설의 서술에는 의식의 혼란과 시간적인 뒤섞임과 역설이 있다. 여성 서술자와 남성 서술자 두 사람의 서술은 논리적으로 정리되기 어렵게 이미 서로에게 영향을 받은 채로 쓰이고 있다. 시간 순서대로라면 나중에야 내가 상대방에게 남긴 말이 상대방의 서술에 미리 영향을 주고 있으며, 그러한 상대방의 말에 의해서 사후적으로 다시 내가 영향을 받는다. 뫼비우스의 띠처럼 뒤얽힌 구조일지도 모르지만, 그렇다고 이 이야기가 누보로망이나 포스트모던 작품에서 볼 법한 미장아범mise en abyme으로 환원되는 것이 아니다.

나는 오히려 이 소설이 애매성을 위해서가 아니라, 자신의 주제를 정확하게 끝맺기 위해서 다시 시작으로 돌아가는 소설이라 말하려 한다. 삶을 위하여 허구를 활용하는 방식으로 결론이 아니라, 허구와 구분할 수 없게 되어버린 삶의 책무를 온전히 감당하기 위해서 말이다. 그 무게가 결코 허구에 의해 가벼워지지는 않는다. 말하자면 결말의 순간 주인공이 처한 존재론적 곤경이란 오늘날의 포스트모던적인 현실의 곤경이기도 하다. 많은 사람들이 더 이상 세계는 물론이고 존재의 원본성을 주장할 수 없게 됨으로써, 자신은 물론이고 어떤 타인에게서도 진짜 삶의 무게를 느낄 수 없게 된 시대의 곤경 말이다. 그렇다면 이 소설에서 확장 가능한 주제의식이란 허구와 진실 사이의 구분과 위계마저 해체해버린 시대의 무기력함이자, 소셜 미디어 등으로 말해진 나가 진짜 나보다도 우선하는 세계에서, 소설가로서의 자기 역할에 대한 물음이기도 하다.

세계를 질서정연하게 이해하기 위하여 모든 혼란의 책임을 타자에게 돌리는 음모론과, 반대로 질서정연한 세계 자체의 불가능함을 받아들이기 위한 인식의 파탄으로서의 광기. 두 가지 서사의 인식론적인 틀 사이에서 임현은 이 두 가지를 하나로 연결하기 위하여 음모와 광기를 하나로 만나는 지점까지 이야기를 몰아간다. 음모와 광기가 완전히 분리되어 편리하게 설명 가능한 세계란 존재하지 않기 때문이다. 그런 의미에서『당신과 다른 나』는 오늘날 우리가 처한 온갖 말 말 말의 유령 같은 배회 속에서 소설가의 위치를 묻는다. 소설가의 역할은 허구와 말을 통해서 삶을 이해하거나 삶과 허구를 그럴듯하게 일치시키는 것이 아니다. 허구는 온전히 이해하기 어려운 삶의 곤경으로 우리를 이끌어 가는 도플갱어로서, 필연적으로 우리의 인식적 한계를 인정하게 만든다. 그러나 인식론적 한계는 소설의 한계선도, 소설이 멈춰야 하는 지점도 아니다. 소설가는 그것이 고작 인식론적인 한계가 아니라 그것이 필연적으로 이야기를 쓰는 자의 존재론적인 한계에 이를 수 있도록, 삶에 미치는 허구적 영향력을 극단까지 몰아붙일 필요가 있다. 이러한 시도는 그동안 허구를 통해 삶으로부터 거리를 두었던 포스트모던한 인식이 우리에게 제공하던 방어적 태도에서 벗어나는 것이기도 하다. 어쩌면 모든 인식론적 한계를 정당화하는, 그처럼 거대한 음모를 꾸민 것은 다름 아닌 나 자신이라는 사실, 그것이 존재론적인 자기 한계와 구별되지 않는다는 인정을 통해서만 소설가는 가까스로 다시 삶-허구를 마주하게 된다.

바야흐로, 이제는 문을 열 때다. 욕실의 문을 열어 거기에 있을 음모의 희생양(그 또한 우선 음모를 꾸민 '나' 이외의 누구도 아니겠으나)을 마주하는 것만이 아니라, 현관 너머의 미양이 나를 어떤 존재로 인식할 것인지를 확인해야 하는 순간이기도 하다. 이 상징적인 장면. 내가 누구인지를 말하기 위하여 나 자신을 죽이고, 타인에게 그것을 감춰야 하는 장면에서 우리에게 허락된 최대치의 윤리는 그 모든 광경을 가감 없이 문 바깥의 타자에게 보여주어야 한다는 책임이다. 그 결과 도래할 모든 파국적인 결말, 그 책무에 대한 환기만이 이 소설의 진정한 결말이 될 수 있다. 이를 위해 임현은 자기 인식에 대한 제한적 조건을 소설의 허구적 틀 자체로 정당화하는 소설적 알리바이를 고스란히 활용했다. 정확하게 그 알리바이의 불가능성을 입증하기 위해서 말이다. 그런 의미에서 임현은 포스트모던의 형식을 빌려 정확하게 포스트모던을 반대로 반복하는 작가다. 포스트모던적인 세상에는 하나의 진실을 부정하는 수많은 진실이 그저 공존하는 게 아니라, 애초에 어떤 진실에도 도달하고자 하지 않는 허구적 자기 인식만이 존재한다. 그러나 그러한 인식적 한계 너머에서 여전히 우리가 문을 열기를 기다리는 사람들이 있다. 불가해한 세상 속에 자기 정체조차 모르고 살아가는 나, 동시에 그런 나를 속이는 이 모든 음모의 창시자이자, 광기처럼 오염된 의식 속에서도 여전히 존재하는 나를 위하여, 비로소 문을 열 시점이다. 그렇게 『당신과 다른 나』는 그럴듯한 현실을 보충하기 위한 허구가 아니라, 그럴듯할 수 없는 삶의 한계를 지시하기 위한 허구가 된다. 그리고 그 허구는, 아무래도 우리를 닮은 것 같다.

작가의 말

　소설가가 되고 좋은 점을 하나 꼽는다면, 나를
소개하기가 비교적 간편해졌다는 것이다. 누군가
에게 나를 설명해야 하는 자리가 나는 조금 민망
한데, 그때마다 나의 직업이 나의 많은 부분을 대
신 설명해주었다. 무엇보다 핑계대기도 편해서,
담배 좀 끊으라는 가족들의 경고를 매번 눙칠 수
있었고, 불편한 자리를 원고 마감을 이유로 피할
수도 있었다. 더구나 내가 쓴 문장들은 종종 나
자신으로 오해받기도 했는데 쓰는 나조차도 그게
잘 구분되지는 않았다.
　무엇이든 잘 믿지 못하는 사람은 어쩌면 다른

무언가를 맹신하는 사람일지도 모른다. 말하자면 대체로 나는 그런 인물들에 대해 써왔다고 생각했는데, 쓰고 보니까 거의 다 내 이야기였다. 아무래도 나는 나를 너무 믿었던 것 같다. 남들에 대해서라면 자꾸 의심하고 불안해하면서 나와는 내가 너무 우호적이었던 거 아닌가.

그러니까 그런 내가 나를 믿지 못하게 된다면 이제는 어떻게 되는 것일까. 더 무얼 믿을 수 있나. 그런 의심하는 마음으로 다시 한 편을 썼다. 기왕 의심하는 사람이라면 일관되게 의심을 해보는 것도 괜찮을 거 같다고 생각했다.

당신과 다른 나

지은이 임 현
펴낸이 김영정

초판 1쇄 펴낸날 2019년 10월 25일

펴낸곳 (주)현대문학
등록번호 제1-452호
주소 06532 서울시 서초구 신반포로 321(잠원동, 미래엔)
전화 02-2017-0280
팩스 02-516-5433
홈페이지 www.hdmh.co.kr

ISBN 978-89-7275-137-3 04810
      978-89-7275-889-1 (세트)

* 책값은 뒤표지에 있습니다.
* 이 도서의 국립중앙도서관 출판예정도서목록(CIP)은 서지정보유통지
  원시스템 홈페이지(http://seoji.nl.go.kr)와 국가자료공동목록시스템
  (http://www.nl/go/kr/kolisnet)에서 이용하실 수 있습니다.
  (CIP제어번호: CIP2019040636)